A VIDA DESASTRADA de LOTTIE BROOKS

A VIDA DESASTRADA de LOTTIE BROOKS

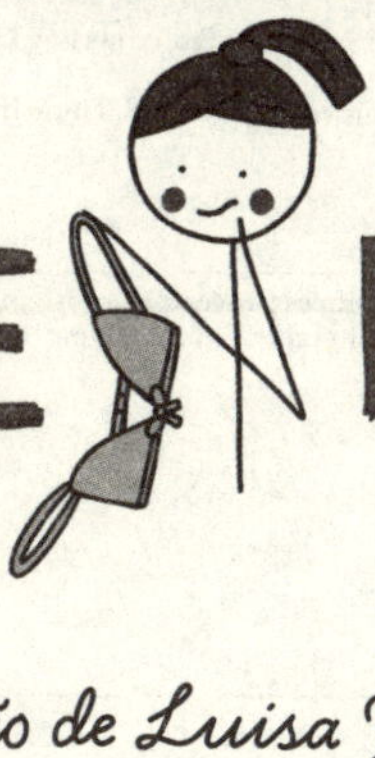

KATIE KIRBY

Tradução de Luisa Facincani

COPYRIGHT © FARO EDITORIAL, 2025
TEXT AND ILLUSTRATIONS COPYRIGHT © KATIE KIRBY, 2021
COPYRIGHT © 2021 I'M DOING FINE LTD.

Todos os direitos reservados.
Nenhuma parte deste livro pode ser reproduzida sob quaisquer meios existentes sem autorização por escrito do editor.

Milkshakespeare é um selo da Faro Editorial.

Diretor editorial PEDRO ALMEIDA
Coordenação editorial CARLA SACRATO
Assistente editorial LETÍCIA CANEVER
Tradução LUISA FACINCANI
Preparação GABRIELA DE ÁVILA
Revisão ANA PAULA UCHOA
Adaptação de capa e diagramação VANESSA S. MARINE

Dados Internacionais de Catalogação na Publicação (CIP) Jéssica de Oliveira Molinari CRB-8/9852

Kirby, Katie
  A vida desastrada de Lottie Brooks / Katie Kirby ; tradução de Luísa Facincani. — São Paulo : Faro Editorial, 2025.
  288 p. : il. (Coleção Lottie Brooks)

  ISBN 978-65-5957-738-5
  Título original: The Extremely Embarrassing Life of Lottie Brooks

  1. Literatura infantojuvenil britânica I. Título II. Facincani, Luísa III. Série

24-5697   CDD 028.5

Índices para catálogo sistemático:
1. Literatura infantojuvenil britânica

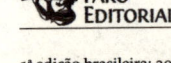

1ª edição brasileira: 2025
Direitos de edição em língua portuguesa, para o Brasil, adquiridos por FARO EDITORIAL

Avenida Andrômeda, 885 — Sala 310
Alphaville — Barueri — SP — Brasil
CEP: 06473-000
www.faroeditorial.com.br

*Para minha sobrinha Lily,
que é incrível do
jeitinho que é.*

QUARTA-FEIRA, 11 DE AGOSTO
(dia 19 das férias de verão)

Molly só foi embora há vinte e sete horas e meia, e ninguém parece ter ideia da saudade que eu sinto dela. É como se tivessem arrancado tudo o que tenho dentro de mim, jogado na máquina de lavar e depois colocado de volta no lugar.

Meus pais não ajudam em nada. Acho que por não terem amigos, eles não fazem ideia de como é ver sua melhor amiga se mudando para a Austrália. Eles dizem coisas como: "Você vai fazer novos amigos rapidinho, Lottie".

Tipo, quantos anos eles acham que eu tenho? Três? Não é como na pré-escola, quando você simplesmente se aproximava de alguém e dizia: "Vamos colar adesivos!", e então criava laços na hora por conta de uma cola em bastão. As pessoas agora são más!

Aqui está um exemplo de como meus pais me tratam como uma criança: acabamos de passar por um drive-thru, para me "animar", e meu pai tentou comprar um combo de lanche que vinha com brinquedo para mim! No que ele estava pensando?

Consegui negociar um lanche normal, mas estava horrível e seco e ficou preso na minha garganta. Minha mãe disse que talvez fosse porque minhas pupilas gustativas estavam finalmente começando a amadurecer, mas, na verdade, é porque meu coração está em pedaços. Eu nem gostei do milkshake. Ele já tinha derretido um pouco quando chegamos em casa e parecia mais uma vitamina do que um milkshake, sabe? Depois, derramei molho agridoce na minha camiseta favorita e senti como se isso tivesse sido o último prego do meu caixão.

Enfim, com Molly aproveitando o sol e os garotos surfistas na parte de baixo do globo, decidi começar um diário e aqui está: **TÃ-NAM!**

Acho que será um pouco como ter alguém com quem conversar durante este longo e solitário verão. Também vou ilustrá-lo, porque adoro desenhar. Quando eu for mais velha, vou ser desenhista de história em quadrinhos para um jornal ou uma revista. É melhor praticar um pouco já que NÃO TENHO NADA PARA FAZER.

Aqui está um desenho da minha família.

(Nota: nós não andamos nus por aí. É que desenhar roupas demora MUITO e, para falar a verdade, não quero me dar ao trabalho.)

Acho que, falando sobre pais, os meus não são *tão* ruins – isso se você não contar que implicam comigo 24 horas por dia pelo tempo que passo com os meus aparelhos eletrônicos. Já meu irmãozinho encardido de 7 anos de idade é outro assunto. Cara, que criança irritante. O que me lembra... SE VOCÊ ESTIVER LENDO ISSO, TOBY, É PROPRIEDADE PRIVADA E EU VOU TE PEGAR!

Huuum... o que mais posso contar sobre mim?

Ah, não falei sobre meus hamsters ainda, né? Aqui estão eles:

Me desculpe, não sou muito boa desenhando hamsters!!!

Estou com esses carinhas há cerca de oito meses. Eles vivem no meu quarto e são um pouco barulhentos, mas eu não ligo muito, já que me dão ótimos conselhos. Às vezes, conto para eles sobre como meu dia foi ruim e eles só ficam correndo na roda e enchendo as bochechas de comida como se dissessem: "Não se preocupe com as pequenas coisas, querida. Há muitas coisas mais importantes acontecendo no mundo agora mesmo!", e eles têm toda razão. Sempre fazem com que eu me sinta melhor.

Mas é melhor não perguntar o que aconteceu com Bola de Pelo, o primeiro, e Bola de Pelo, o segundo. Descansem em paz, rapazes.

Então este é o resumo da minha vida. Fui quase totalmente abandonada nesse mundo enorme e assustador e em poucas semanas vou ter que começar o sétimo ano TOTALMENTE SOZINHA. Ah, meu nome é

Lottie Brooks e eu vivo perto do mar em Brighton, no Reino Unido. Tenho 11 anos e 3/4. Acho que você também gostaria de saber disso.

QUINTA-FEIRA, 12 DE AGOSTO

Suponho que você esteja se perguntando por que só tenho uma amiga. Ou talvez não, já que folhas de papel na verdade não fazem perguntas... mas vou contar mesmo assim, já que você está aqui para isso, não é?

Quando eu tinha quatro anos de idade, tive que usar tapa-olho para corrigir um olho preguiçoso. No começo, gostei bastante. Eu costumava fingir que era uma pirata navegando pelos sete mares em busca de um tesouro enterrado, e eu me chamava de Maruja Pernas de Lagostim, o que eu achava muito engraçado.

Mas isso tudo mudou quando comecei o ensino fundamental. Contei a alguns dos meus colegas de sala que era a Maruja Pernas de Lagostim, e o apelido pegou. Logo, todos estavam tirando sarro de mim. Primeiro, por conta do tapa-olho, depois, das minhas roupas, das minhas sardas e do meu jeito de falar... Parece que eu nunca acertava em nada.

Havia uma garota chama Eliza, que usava tranças perfeitas todos os dias, e ela era a pior. Espalhou várias fofocas horríveis sobre mim.

Nenhum deles era verdade. Eliza inventou tudo. (Minha mãe disse que eu já sabia usar o penico aos dois anos e meio!)

Eu me senti tão sozinha e confusa. Por que as pessoas não gostavam de mim? Por que eu tinha que ser a única criança da sala com um tapa-olho? E como Eliza conseguia deixar as tranças tão arrumadas?!

Então Molly entrou na nossa escola e tudo mudou. Eu não sei o que teria feito sem ela. No seu primeiro dia, ela se sentou ao meu lado com sua lancheira da Minnie Mouse, me ofereceu um salgadinho e disse a Eliza--com-tranças-perfeitas para me deixar em paz. Molly era tão engraçada e confiante que poderia ser amiga de qualquer pessoa, mas ela me escolheu.

Veja como éramos fofinhas na época:

#AmorAoPrimeiroSalgadinho ♥

Daquele momento em diante, nos tornamos inseparáveis. #MelhoresAmigasParaSempre!

Mas agora Molly foi embora, e estou com muito medo por não saber o que farei sem ela.

Veja bem, as outras crianças têm coisas que contam a seu favor: como ser barulhentas, esportivas ou lindas de morrer. Eu? Fico vermelha igual pimentão se alguém fala comigo. Passo a maior parte do tempo sozinha, desenhando coisas bobas, e isso não é exatamente legal, né? Também tenho o cabelo castanho mais comum da história do mundo. Para ser honesta, tenho quase certeza de que a culpa pela maioria dos meus problemas é do meu cabelo. Eu faria qualquer coisa para trocar de cabelo com a Molly. Ela tem lindos cachos ruivos – mas o engraçado é que ela também odeia o próprio cabelo! Não sei. Talvez a gente sempre odeie o que tem? Minha mãe diz que sou linda, mas não podemos confiar na objetividade dos pais. Ela provavelmente diria isso mesmo que eu fosse uma batata.

Tudo bem dizer que farei vários amigos em breve, mas o que meus pais não percebem é que a maioria das pessoas não *quer* realmente ser amiga de uma batata. Quer dizer, o que as batatas têm a oferecer? Suponho que possam se tornar fritas, e fritas são boas..., mas não tenho certeza se batatas fritas são boas de conversa.

SEXTA-FEIRA, 13 DE AGOSTO

Conversa de WhatsApp com Molly:

EU: Ei, melhor amiga. Estou com taaaaaaaaaaaaaaanta saudade! Como estão as coisas por aí?

MOLLY: Eu tambééééééééééém! Estão ok. Mas ainda não vi nenhum surfista fofo. São todos parecidos com os da Inglaterra. ☹

EU: Que droga. Mas faz só um dia que você chegou, então talvez eles estejam só se escondendo?!

MOLLY: Talvez. Também está muito quente, embora seja inverno. Não faço ideia do porquê meus pais acharam que seria uma boa ideia viver na Austrália quando nossa família parece um bando de garrafas de leite usando perucas ruivas!

EU: Será que nem pensaram no risco do câncer de pele?!

MOLLY: Com certeza não. Eu provavelmente vou acabar morta, e então eles vão se arrepender!

EU: Sim, bem-feito para eles.

MOLLY: Pois é!

EU: Mas seria um pouco demais...
Eu sentiria sua falta se você morresse!

MOLLY: Aaah, eu sentiria a sua também. Continuarei passando protetor fator 50 então (pelo menos por enquanto).

EU: 👍 ☺ Beijo!

Achei que conversar com a Molly fosse me animar, mas só me deixou mais triste do que nunca. Não acredito que seus pais arruinaram nossas vidas por causa de uma "nova oportunidade de trabalho muito empolgante".

PENSAMENTO DO DIA: Por que os pais sempre colocam seus próprios objetivos de carreira egoístas acima das amizades de seus filhos?!

SÁBADO, 14 DE AGOSTO

Hoje é o dia 22 das férias de verão e estou oficialmente MORTA DE TÉDIO.

Quer dizer, talvez esteja exagerando um pouco, mas mesmo assim.

Eu me pergunto se, tecnicamente, é possível morrer de tédio. Provavelmente sim.

NADA aconteceu.

Esta tarde comi duas torradas com creme de avelã e seis bolinhos um atrás do outro (foi mal, mãe), depois fiquei enjoada e assisti a alguns vídeos de contorno de maquiagem. Fazer contorno parece que dá um trabalhão, mas os resultados são impressionantes se você tem um nariz grande ou duas horas para gastar no dia. Meu pai brigou comigo por ficar muito tempo vendo vídeos, pois, aparentemente, isso irá apodrecer meu cérebro. Eu mencionei que Toby está jogando Minecraft o dia todo e talvez isso também não seja bom para ele e papai disse:

— Toby só está jogando há meia hora, e Minecraft é muito mais educativo do que tutoriais de maquiagem, especialmente se considerarmos que você não tem permissão para usar maquiagem!

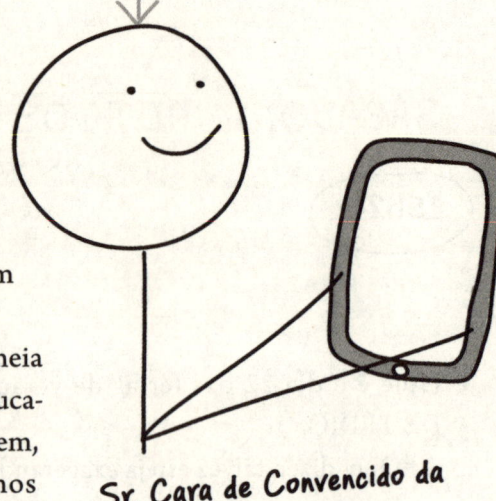

Sr. Cara de Convencido da Convencidolândia

Na verdade, Toby estava jogando há umas sete horas! Você deveria ter visto a cara que ele fez assim que papai virou as costas.

Pessoalmente, acho que meu pai está em negação quanto às suas capacidades como pai e se beneficiaria de um pouco de contorno também.

19h11

Comi espaguete à bolonhesa de jantar e estava cheio de cenouras. Sério, 95% dele devia ser feito de cenouras. Por que os pais tentam colocar legumes em tudo? Se minha mãe falar mais uma vez que cenouras fazem com que você enxergue no escuro, acho que vou enfiar a cabeça na privada e dar descarga.

Eu disse:

— Mãe, me escuta. Não posso comer isso. Simplesmente não está de acordo com a minha constituição.

Pensei que soaria inteligente usar uma palavra grande, e era melhor do que dizer "**Eeeeeeca, NOJENTO!**", que é o que Toby faz, mas mamãe parecia prestes a chorar. Não sei o que está acontecendo com ela ultimamente, mas ela parece estar à beira de um colapso nervoso. Sério, ela deveria relaxar. É apenas um jantar.

Papai disse:

— Lottie, não seja rude. Sua mãe teve muito trabalho para preparar essa refeição deliciosa, e o mínimo que você pode fazer é se sentar e comê-la.

— Mas, pai, me desculpe. Não consigo. Está me deixando enjoada.

— Me dê um bom motivo para não comer, mocinha.

— Bom, na verdade, decidi virar vegetariana!

Aliás, isso é algo que venho considerando há algum tempo, porque eu *amo* animais. Porém, o maior problema é que vegetarianos não podem comer bacon, o que parece terrivelmente injusto porque bacon é **MUITO** delicioso!

Papai disse:

— Engraçado, já que você odeia legumes.

— Não é verdade —, eu disse. — Gosto de batata frita, que é um legume. E gosto de molho de tomate. Então, hoje em dia é bem fácil ser vegetariana, mesmo que você não goste de legumes! Há muitas coisas que você pode comer.

— Ah, é? Tipo o quê?

— Aaaahnnn, pizza marguerita.

Para falar a verdade, eu poderia viver feliz comendo pizza marguerita pelo resto da minha vida.

De qualquer forma, a coisa mais importante que eu queria contar sobre hoje foi que eu bolei um plano. Que rufem os tambores, por favor!

Você está preparado?

Não?

Fazer o quê.

Aqui vai...

O PLANO: Vou me reinventar durante o verão e me tornar uma nova Lottie! Mais confiante e esse tipo de coisa, para começar o sétimo ano sendo instantaneamente popular e venerada por todos os meus adoráveis fãs.

A REINVENÇÃO DE LOTTIE BROOKS

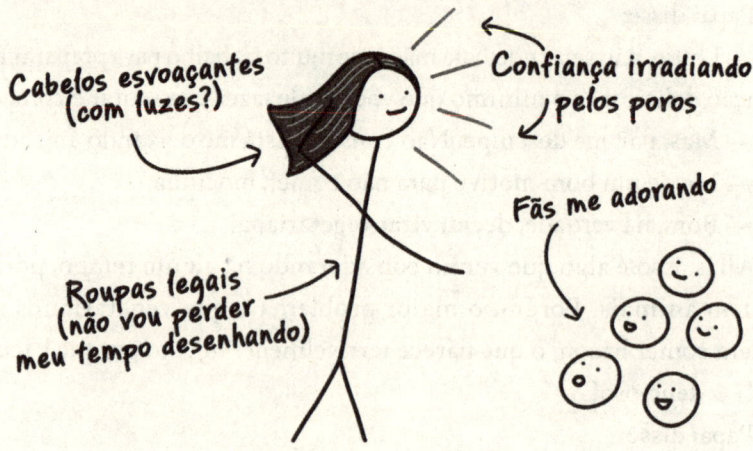

Ou também me contentaria em passar despercebida, mas ter com quem almoçar, para não ter que engolir meus sanduíches o mais rápido possível e depois me esconder no banheiro até o final do intervalo.

Será que alguém vai ser capaz de me enxergar para além da minha cara de batata, minhas pernas finas e minha total falta de habilidades sociais? Veremos.

DOMINGO, 15 DE AGOSTO

17H22

A vida tem sido bem difícil desde que me tornei vegetariana acidentalmente.

O dia hoje começou mal. Acordei com o cheiro de bacon. Papai estava cozinhando no andar de baixo e espalhando o cheiro pela casa com uma revista.

— Huuum, bacon! — ele gritava. — Tãããoo crocante e delicioso!

Às vezes não sei quem é a criança e quem é o adulto por aqui.

Enchi uma tigela com cereal e fingi que estava gostando muito porque não queria dar ao meu pai a satisfação de pensar que havia vencido.

— Huuuuum, cereal! — falei, esfregando minha barriga. — Tãããããoo nutritivo e... amarelo.

Mas não acho que convenci ninguém, especialmente depois de quase me engasgar com uma colherada bem seca.

Infelizmente para mim, papai deixou uma fatia de bacon sobrando na bancada da cozinha. Eu tentei ignorá-la, mas ela ficava piscando para mim. Não aguentei e rapidamente a enfiei em um pãozinho, cobri com ketchup e estava prestes a dar uma bela mordida quando papai saltou de trás da geladeira. Ele me pegou no pulo.

AFF! POR QUE PRINCÍPIOS SÃO UMA PORCARIA?

Coloquei o pãozinho de bacon na bancada, agradecendo papai por sua preocupação.

Eu não desisti. Não, eu não faria isso. Não desisto no primeiro obstáculo. Continuei me esforçando. Na hora do café da tarde percebi que nenhuma carne tinha passado por esses lábios O DIA TODO!*

*Se você não considerar o fato de que comi um palitinho de salame da geladeira essa tarde sem perceber... Ops. Mas, de qualquer maneira, quanta carne tem em um palitinho de salame? Sério, talvez ele seja só um substituto de carne com sabor de salame.

Acabei de pesquisar no google. Eles são feitos 100% com carne de porco, então possivelmente é a coisa menos vegetariana para se comer. Droga.

Mas, como eu disse, foi um acidente. Então: AE! PARABÉNS PARA MIM!

18h45

Eu estava indo tão bem. Estava tão orgulhosa de mim.

E então mamãe arruinou tudo gritando da escada:

— Lottie, vou fazer nuggets de frango e batata frita para o jantar. Você quer que eu faça um pouco de brócolis, já que não vai poder comer o frango?

Não queria dar uma de difícil, então respondi:

— Ah, acho que vou comer os nuggets se você já fritou...

— Não se preocupe — disse ela — eu não comecei a preparar a comida ainda, então é bem fácil cozinhar legumes para você.

— Bom, tenho certeza de que seria mais fácil para você cozinhar a mesma coisa para todos nós. Eu não ligo...

— Não é trabalho nenhum, de verdade. Não gostaria que você comprometesse suas crenças por minha causa.

— Ahn... não... vou comer os nuggets.

Eu juro que ouvi ela e o papai rindo!

Então não sou mais vegetariana. Não é culpa minha. Sério, como posso recusar bacon e nuggets no mesmo dia? Não sou feita de pedra!

Acho que tentarei de novo daqui alguns anos, quando eu tiver um pouco mais de autocontrole.

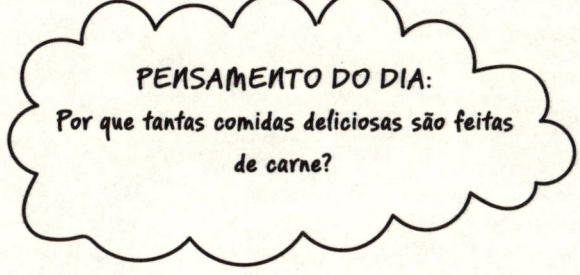

PENSAMENTO DO DIA:
Por que tantas comidas deliciosas são feitas de carne?

SEGUNDA-FEIRA, 16 DE AGOSTO

Os hamsters estão fazendo eu me sentir culpada pelo meu péssimo desempenho em ser vegetariana. Mas é fácil para eles julgarem. Eles nunca comeram um Big Mac, não é?

TERÇA-FEIRA, 17 DE AGOSTO

Após a grande revelação DO PLANO, não fiz muita coisa a respeito dele. O que tenho feito muito é assistir TV e ficar no celular. Espere – isso conta. É pesquisa. Tudo bem.

Mamãe veio até a sala de estar e perguntou:

— O que você vai fazer hoje?

Não foi realmente uma pergunta e sim uma acusação.

Depois ela disse:

— A menos que você esteja fazendo algo superimportante, acho que talvez deveria tomar um pouco de ar fresco enquanto me ajuda com as compras, que tal?

Alguns pais fazem coisas legais e divertidas com os filhos durante o verão, coisas como ir a parques temáticos ou assistir musicais. O que eu ganho? Uma ida ao supermercado! Sério, quanto ar fresco minha mãe acha que vou pegar no mercado?

Por isso respondi:

— Na verdade, estou fazendo algo muito importante. Estou pensando como só tenho treze seguidores nas redes sociais enquanto Kim Kardashian tem mais de duzentos milhões.

Isso é mais do que o triplo da população do meu país! Que loucura. Se tivesse permissão para ter um perfil público, talvez eu fosse páreo para a Kim, mas, por enquanto, parece que estou presa aos dois dígitos.

Mamãe resmungou.

— Se você não sair desse celular agora, serei forçada a colocá-lo à venda e comprar um... qual o oposto de um *smartphone*? Sabe, um daqueles celulares que não tem Wi-Fi ou aplicativos...

Então papai entrou na sala e disse:

— Eu sei. Um celular burro!

> PENSAMENTO DO DIA:
> Sou a única pessoa nesta casa com um cérebro que funciona?!

QUARTA-FEIRA, 18 DE AGOSTO

Hoje fui arrastada para fora de casa para ter "um pouco de diversão em família na praia", porque, aparentemente, "é uma pena desperdiçar um dia tão lindo ficando dentro de casa".

Ficar sentada no escuro mexendo nas minhas redes sociais dificilmente é um dia desperdiçado, né?

Acho que os adultos não entendem as crianças de hoje em dia. Eles só se lembram de sua juventude sem celulares, sem vídeos e chocolates ou... bom, sem qualquer coisa boa, na verdade, e acham que todos nós deveríamos estar lá fora construindo esconderijos ou balançando em cordas. Sério, não estamos mais nos anos 1980. As crianças gostam de telas, está bem? Atualizem-se.

Eu nem me importaria tanto, exceto pelo fato de que eles passam metade da vida me ignorando enquanto também mexem nas redes sociais e compartilham memes "hilários" sobre como é péssimo ser pai ou mãe. Eles são TÃO hipócritas!

QUINTA-FEIRA, 19 DE AGOSTO

Esta tarde, eu estava no meu quarto, cuidando da minha própria vida, quando minha mãe entrou sem bater. Quer dizer, eu poderia estar pelada!

— Ei! — eu gritei. — O que tenho que fazer para ter um pouco de privacidade nesta casa?

— Ah, não é nada que eu já não tenha visto antes, Lottie — disse ela, rindo.

— Tenho quase doze anos, MÃE!

— Está bem, me desculpe, meu amor. Da próxima vez, eu bato. De qualquer forma, só vim dizer que convidei a Liv para vir aqui hoje, para lhe dar alguns conselhos sobre o início das aulas. Sei que você está um pouco preocupada em como se adaptar e fazer novos amigos.

— Ai, mãe! — resmunguei.

(Só para constar, Liv é minha vizinha supermoderna de treze anos.)

— Ah, querida. Eu sei que você não gosta que eu interfira, mas não é fácil começar em uma nova escola. Especialmente quando se é tímida.

— MÃE!

Sério, dava pra ter feito eu parecer ainda mais perdedora?

— Vai ser bom! Liv é adorável. Ela disse que será um prazer te ajudar, e estará aqui em dez minutos.

— O QUÊ?!

Não podia acreditar que minha mãe tinha convidado simplesmente a pessoa mais legal que eu conheço para vir aqui em casa em dez minutos.

Olhei para o meu quarto e entrei em pânico — parecia que pertencia a uma criança de seis anos. Quer dizer, todos os meus coelhinhos da coleção Família *Sylvanian* ainda estavam expostos. (Só pra constar: eu não brinco mais com eles. Só gosto de deixá-los arrumados em cima da minha cômoda, tá bem.) Arranquei todos dali, filhotinhos saíram voando dos berços e uma mini baguete da padaria me acertou bem no olho.

— Me desculpe, pessoal! — eu disse enquanto os enfiava debaixo da cama.

O que mais? Meus lençóis têm unicórnios e arco-íris por toda parte. Eu adoro unicórnios e arco-íris, mas crianças do sétimo ano gostam de unicórnios e arco-íris?! Provavelmente não.

Cobri minha cama com roupas, depois enfiei minhas pantufas de unicórnio no guarda-roupa junto com minha coleção de tiaras da Jojo Siwa e os pôsteres do Matty B. e do Justin Bieber.

Então ouvi mamãe gritar:

— Lottie, a Liv chegou!

E, de repente, lá estava ela, de pé no meu quarto! Liv tem longos cabelos castanhos com mechas loiras. Ela parecia TÃÃÃÃÃÃÃO legal. Tipo, a pessoa mais legal que eu já vi. Ou, pelo menos, com quem conversei.

Eu disse:

— Eu amei seu cabelo, Liv! Está maravilhoso.

— Sim, eu sei — respondeu ela.

— Você quer beber alguma coisa, Liv?

— Gostaria de um café, por favor.

Isso não é muito sofisticado? Ela bebe café como uma adulta de verdade!

Fiz café para nós duas e, não vou mentir, tinha um gosto totalmente rançoso. Mas tentei bebericá-lo como uma parisiense elegante mesmo assim. Não sei se consegui.

Então nos sentamos na minha cama e Liv disse:

— Olha, o sétimo ano é brutal. Vou ajudá-la o máximo que puder, mas em segredo, tá bem? Estou indo para o nono ano, e pessoas do nono ano definitivamente não conversam com pessoas do sétimo.

— Tá bem.

— Ótimo. Bom, a primeira coisa que deve saber é… Peraí. Rapidinho. É um coelho da coleção Sylvanian no chão?

Olhei para baixo e para o meu horror vi que a Sra. Fofinha estava bem aos meus pés.

— O quê? Não… ahn, bom, sim, acho que é… mas não é meu… é do meu irmão. Ele ama essas coisas estúpidas.

Então me abaixei, peguei a Sra. Fofinha e a joguei no lixo. Por sorte, não errei. (Tenho que me desculpar com a família Fofinha mais tarde.)

Depois, Liv disse:

— Meu Deus, isso é uma tigela do Justin Bieber?

— O quê? Não! Ahn… não acredito que meu irmão está comendo cereal nessa tigela idiota no meu quarto de novo!

— Seu irmão parece esquisito.

— Sim, ele é.

— Então — continuou Liv —, de que tipo de música você gosta?

— Eu... ahn... bom, não do Justin Bieber, é óbvio. Ele é tosco. Eu gosto de... ahn...

VAI, CÉREBRO!

— Eu gosto de *grime* — disse Liv.

— SIM! *GRIME*! Eu também. Quer dizer, é, adoro um pouco de *grime*.

— Massa. Quem é seu artista favorito?

— É... ahn... Arranha... Brian.

ARRANHA BRIAN?! De onde você tirou isso?

— Estranho, nunca ouvi falar dele...

— Bom, provavelmente porque Arranha Brian é novo... no mercado. Ele ainda não é conhecido.

— Seeeeeeeei.

Liv claramente não estava convencida.

Então não tenho certeza se causei uma boa impressão, mas fiquei orgulhosa de mim por pensar numa saída na hora. Pelo menos Liv acha que Toby é o fanático pela coleção Sylvanian e pelo Justin Bieber, e não eu.

De qualquer forma, a melhor parte dessa visita foi que, no fim, ela me deu vários conselhos excelentes para começar na Escola Kingswood, e todos eles foram muito úteis em relação AO PLANO. Aqui está o que ela me disse:

COMO NÃO SER UMA PERDEDORA NA ESCOLA

1. Sua saia precisa ser curta, mas não tão curta a ponto de mandarem você de volta para casa para trocar de roupa;

2. Use o máximo de maquiagem que puder, mas não tanto para que alguém perceba que você está realmente usando maquiagem;

3. Não se esforce muito nas aulas ou vai parecer uma nerd, mas também não se esforce pouco ou acharão que você é burra;

4. Nunca coma o empadão. Já acharam a cauda de um rato nele;

5. A escolha do estojo diz TUDO sobre você, então escolha com cuidado;

6. O armário do zelador é assombrado pelo fantasma de um aluno do último ano que ficou trancado ali acidentalmente o verão todo e morreu de fome;

7. Nem comece na nova escola se você não tiver um sutiã.

Ou talvez quando eu disse "muito útil", o que eu quis dizer foi "confuso" e, ahn, "aterrorizante".

O pior de tudo é que eu não tenho sutiã. Vou ter que descobrir como

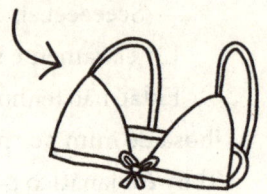

convencer a mamãe a me comprar um, mesmo sem ter nada para colocar nele... Como abordo o assunto em uma conversa?! "Ah, oi, mãe. Sei que não tenho muito a oferecer no quesito seios, mas eu PRECISO de um sutiã ou todos na escola pensarão que sou um bebê."

Liv me deu o número do seu celular e disse que eu poderia mandar mensagens se precisasse de algum conselho, mas me lembrou de não falar com ela em público, pois ela ficaria mortificada se alguém pensasse que éramos amigas. Isso não foi gentil? ☺

Aliás, Liv tem 157 seguidores nas redes sociais. (UAU!) Eu a sigo, mas ela disse que não pode me seguir de volta pois alguém pode notar.

SEXTA-FEIRA, 20 DE AGOSTO

6h56

Não dormi bem ontem à noite, pois sonhei que estava sendo perseguida nos corredores da escola por sutiãs assombrados, estojos de mau gosto e empadões cheios de caudas de ratos. Consegui escapar por uma porta que se transformou no armário do zelador. Olhei ao redor, assustada — e então Justin Bieber apareceu. Ele começou a cantar *Love Yourself* para mim.

Foi um sonho bizarro demais, mas fico feliz que terminou de uma maneira positiva.

Conversa de WhatsApp com Molly:

EU: Preciso de um sutiã. Urgente!

MOLLY: Seus seios cresceram nessa última semana e meia?

EU: Infelizmente, não, mas aparentemente é algo que você PRECISA TER na escola, e não posso confiar no Justin Bieber para me salvar de empadões que voam todas as vezes, posso?

MOLLY: Lottie, do que você está falando? 🤪

EU: Longa história! Como você está? Alguma novidade sobre os surfistas gatinhos?

MOLLY: Infelizmente não. Mas adivinha? Fiz uma amiga nova. Ela é minha vizinha. Seu nome é Isla e ela também tem onze anos. Acredita nisso?

EU: Ah, uau. Que sorte.

MOLLY: Sim! E ela disse que vai me apresentar a todos os seus amigos na escola também. Não é demais? 😊

EU: Muito legal. São ótimas notícias.

Mas não pareciam ótimas notícias. Foi muito estranho ouvir Molly falar sobre já ter uma nova amiga.

SÁBADO, 21 DE AGOSTO

Hoje, estive pensando principalmente em sutiãs outra vez (e em chocolates, óbvio). Liv teve muita sorte com seus genes e usa sutiã desde que tinha dez anos e meio. Ela ouviu falar que usar sutiã pode fazer seus seios crescerem mais rápido, então, quando ganhou o primeiro, usou 24 horas por dia, sete dias por semana, e agora usa tamanho 38. Aposto que todas as meninas do sétimo ano já estão fazendo isso e agora vou ficar ainda mais para trás.

Fico olhando no espelho, mas eu realmente não tenho **NADA** acontecendo nessa área. Liv disse que algumas pessoas estão destinadas a terem dois ovos fritos ali para sempre. Por favor, que isso não seja verdade!

O irritante do Toby recebeu seu amigo igualmente irritante Thomas aqui em casa hoje a tarde. Toby estava jogando na minha cara que eu não tenho amigos, e a pior coisa é que ele está certo! Então, essa é outra coisa com a qual tenho que me preocupar.

ATÉ O MOMENTO, ESSA É MINHA LISTA DE PREOCUPAÇÕES:

1. Fico vermelha quando alguém fala comigo;

2. Tenho a cor de cabelo mais chata de toda humanidade;

3. Meu irmãozinho é mais popular do que eu. Como isso é justo se tudo o que ele faz é jogar Minecraft e fazer barulho de peido debaixo do braço?;

4. Não tenho sutiã;

5. Não tenho seios para colocar no sutiã, mesmo que eu tivesse um;

6. Tenho a aura permanente de uma batata.

Minha mãe deve ter percebido que havia algo de errado porque ficou enfiando a cabeça pela porta do quarto para perguntar:

— Você está bem, querida?

Eu não estava nem um pouco bem. Estava enlouquecendo! Mas não contei isso pra mamãe.

Em certo momento, ela me trouxe torradas com creme de avelã, mas nem consegui comer porque estava muito estressada com a situação da falta de sutiã. Eu NUNCA recuso torradas com creme de avelã.

Só não sei como contar para mamãe o que há de errado. Às vezes, eu queria ser um menino. Parece que tudo é tão mais fácil para eles.

PENSAMENTO DO DIA:
É possível usar sutiã se você literalmente não tiver seio nenhum?!

DOMINGO, 22 DE AGOSTO

Adivinha? Eu finalmente criei coragem para pedir um sutiã para minha mãe!

Depois de passar muito tempo tentando descobrir a melhor maneira de fazer isso, acabei falando enquanto ela preparava um ensopado de frango para o jantar. Foi mais ou menos assim:

— Que cheiro bom, mãe. Preciso de um sutiã.

Ela pareceu um pouco confusa (provavelmente porque elogiei seu ensopado, que, na verdade, tinha um cheiro horrível). Então ela disse:

— Ahn, tem certeza, querida? Acho que você deveria pelo menos ter um pouco mais de, hum... desenvolvimento antes de comprar um.

VALEU, MÃE.

Eu não tinha outra opção a não ser apresentar a ela os fatos concretos, então eu disse:

Quer dizer, eu tenho quase doze anos agora (mais ou menos) e todo mundo — literalmente TODO MUNDO — da minha antiga sala tinha um. Bom, quase todo mundo. Nenhum dos meninos, obviamente. Mas algumas pessoas, talvez. A maioria das meninas que usavam nem precisavam, mas isso não importa. Como Liv disse: sem sutiã na escola = pária social! O que é ridiculamente injusto, mas eu não faço essas regras idiotas.

De qualquer maneira, o resultado é que mamãe disse sim. Ela vai me levar para fazer compras amanhã enquanto o Toby está na casa do Leo. Vamos ter um ótimo dia de garotas juntas, e ela disse que até podemos fazer as unhas se conseguir marcar! Muuuuito empolgada! 😊

SEGUNDA-FEIRA, 23 DE AGOSTO

> **AVISO PARA MEU EU FUTURO:** Esse registro é sobre comprar sutiãs com sua mãe E seu irmão de sete anos, então se você preferir desviar o olhar agora e não ser lembrada dessa experiência dolorosa, seria totalmente compreensível... e altamente recomendado.

Nossa, eu quero morrer escrevendo isso.

Tudo bem, aí vai: tudo começou a dar errado quando a mãe do Leo ligou de manhã para avisar que Leo tinha vomitado a noite toda, então provavelmente Toby não deveria ir para lá. Tínhamos duas opções: levar Toby para fazer compras com a gente ou ir outro dia. Quer dizer, fiquei supertentada a ir outro dia, mas faltam apenas onze dias para o início das aulas. Eu realmente não posso perder mais horas preciosas de crescimento de seios.

Mas dá pra imaginar como é comprar sutiãs pela primeira vez com seu irmão mais novo? Não? Bom, sorte a sua!

Assim que chegamos à seção de lingerie (um jeito chique de dizer roupas de baixo), Toby começou a correr e a colocar sutiãs na cabeça enquanto gritava:

Foi, ao mesmo tempo, factualmente incorreto e humilhante. Ele está com sete anos, mas parece que tem dois.

Depois, mamãe acenou para uma vendedora e disse em voz alta:

— Olá, estou aqui com a minha filha e gostaríamos de medi-la para comprar seu PRIMEIRO SUTIÃ!

Eu não ficaria surpresa se as pessoas a ouvissem em algum lugar bem distante, como o Alaska ou Birmingham. Sério, ela poderia muito bem ter carregado uma enorme placa piscante com ela.

Além disso, eu não sabia que precisaria ser medida, o que provavelmente foi melhor, porque se mamãe tivesse me contado antes, eu não teria concordado com isso. Ficar seminua na frente de uma estranha não está no topo da minha lista de maneiras que gosto de passar uma tarde de segunda-feira.

Por sorte, a moça que fez as medidas disse que eu podia ficar vestida. Seu nome era Paula e ela tinha os seios mais GIGANTENORMES que eu já vi na vida. (Sim, eles eram tão grandes que precisei inventar uma palavra nova para descrevê-los.) Eu imagino que Paula deva usar tamanho 50 ou mais. E ela estava toda: "Ah, que momento especial!" e "Bom, acho que vamos pegar um tamanho bem pequeno aqui…", enquanto piscava para minha mãe.

Eu só queria me esconder e sumir na seção de roupões.

Experimentei alguns tamanhos diferentes e o resultado é que sou PP. Era de se esperar que eu fosse usar este tamanho, não? A maneira mais explícita de me fazer lembrar que tenho Peitos Pequenos! ☹

Mesmo assim, pelo menos tenho um sutiã agora. Bom, três para ser mais precisa! Dois brancos lisos e um rosa claro que é um pouco mais chique. Ele tem um lacinho no meio e lindas bordas roxas.

Quando saímos da loja, fiz mamãe carregar as sacolas caso alguém me visse, depois levamos Toby na loja da Lego para comprar um presentinho para ele por "ter se comportado bem". (Questionável!)

Quando chegamos em casa, corri direto para o meu quarto e coloquei o sutiã rosa. Eu me senti muito mais madura. Foi meio engraçado, mas eu gostei. Estava com um pouco de vergonha quando desci as escadas, caso papai ou Toby notassem, mas se perceberam não disseram nada. Bom, Toby gritou "CARA DE COCÔ!" pra mim, mas isso é normal da parte dele.

TERÇA-FEIRA, 24 DE AGOSTO

Conversa de WhatsApp com Molly:

EU: EU TENHO UM SUTIÃ!!!

MOLLY: MENTIRA!! Não creio!

EU: Juro juradinho. Sou tamanho PP! Quase um P, aparentemente.*

MOLLY: Que inveja! Agora você já se sente adulta?!

EU: Sim, eu me sinto mega sofisticada e pronta para encarar qualquer coisa!

MOLLY: Jura?

EU: Não. Parece um pouco estranho, na verdade... Dá coceira. Mas tenho certeza de que vou me acostumar.

MOLLY: Legal, tenho que ir...

EU: Ah? O que vai fazer?

MOLLY: Pedir para minha mãe comprar um sutiã para mim, óbvio!

*Essa parte era mentira.

QUARTA-FEIRA, 25 DE AGOSTO

Oito dias para o início das aulas. Já estou com o uniforme pronto — está pendurado no meu guarda-roupa. Antes do verão, prestei muita atenção no que as garotas do sétimo ano estavam usando quando andavam pela cidade à tarde. Queria ter certeza de que estava fazendo tudo certo, porque não quero usar o tipo errado de saia no meu primeiro dia de aula. Acho que vou ter que levantá-la um pouco, mas vai dar certo.

Até meu estojo e minhas canetas estão prontos. Eles estão perfeitamente organizados na minha mesa. Você acha que é possível que alguém não goste de mim por causa do meu estojo? Ele tem o formato de uma fatia de melancia, mas talvez eu devesse ter escolhido algo mais elegante? Algo tipo um taco... sério, é tão difícil dizer qual deles expressa "Sou confiante, legal e no controle" da melhor maneira.

Eu tentando tomar uma das maiores decisões da minha vida... taco ou melancia?

Talvez eu deva repensar as borrachas em formato de bolinho também. Um pouco imaturo para o sétimo ano, não? Por que estou pedindo sua opinião? Estou perdendo o que resta da minha sanidade?!

Então, sim, estou pronta, eu acho. Mas há coisas que não posso mudar, como meu rosto, que é... não sei como descrevê-lo, na verdade. Um pouco estranho? Torto, talvez? Com testa sobrando?

Acho que se eu fizesse luzes no cabelo, isso tiraria o foco do meu rosto e me faria parecer mais madura. Mamãe disse que posso fazer luzes quando eu puder pagar por elas, e depois deu risada. Busquei na internet e elas custam tipo 150 reais! Então isso nunca vai acontecer.

> **PENSAMENTO DO DIA:**
> Dá para diminuir a testa pelo SUS?

QUINTA-FEIRA, 26 DE AGOSTO

Acabei chegando à conclusão de que as borrachas eram um pouco imaturas, então as dei para Toby e adivinha o que ele fez? Ele as comeu! Mamãe ligou para o 193 e a pessoa com quem ela conversou disse para ficarmos de olho nele e levá-lo à emergência caso ele começasse a vomitar.

Eu perguntei por que ele fez isso e ele respondeu que as borrachas tinham um cheiro delicioso.

"E qual era o gosto delas?", perguntei.

"Um pouco emborrachado, mas ok", respondeu ele.

Sério, de verdade?!

Minha vida é tão rock n' roll.

SEGUNDA-FEIRA, 30 DE AGOSTO

Estou fazendo o experimento de dormir com o sutiã há uma semana e os resultados são os seguintes:

Terça-feira: sem melhorias.
Quarta-feira: uma melhoria mínima?
Quinta-feira: esqueça isso — sem melhorias.
Sexta-feira: possível piora?
Sábado: o meu peito está, na verdade, se recolhendo? 😐
Domingo: ainda esperando pacientemente...
Segunda-feira (hoje): ABSOLUTAMENTE NADA.

TERÇA-FEIRA, 31 DE AGOSTO

(9h12)

Decidi mandar mensagem para a Liv pedindo um conselho.

> **EU:** Me ajude! Ainda não tenho seios. A escola começa em dois dias... Alguma ideia?

> **LIV:** Reze! 😊

(10h32)

Querido Deus, sei que não nos falamos muito, e tenho noção de que isso pode soar bastante egoísta após minha longa ausência, mas, por favor, você acha que pode fazer meus seios crescerem só um pouquinho?

(10h37)

Nenhuma resposta de Deus. Acho que vou ter que tomar conta disso sozinha.

(11h17)

Pesquisei no Google "como fazer seios crescerem". Aparentemente, sementes de erva-doce ajudam.

> 12h11

Não achei nenhuma semente de erva-doce na cozinha. A comida de hamster parecia bastante com a erva-doce, então tentei comer um pouquinho dela. Bola de Pelo, o terceiro, ficava me lançando olhares estranhos.

Não acredito de verdade que os hamsters comem essa coisa. Tem gosto de poeira! Não é à toa que eles têm inveja dos meus sanduíches de bacon.

Sem querer ser engraçado, Lottie, mas isso é estranho até para você.

Nhiii, nhiii.

> 21h48

Ainda sem melhorias. Mas quando paro para pensar, eu me pergunto se quero mesmo ter seios. Quer dizer, imagino que, quando meus seios finalmente começarem a crescer, vou me sentir estranha e esquisita com isso. E se meus seios fizerem as pessoas olharem para mim? E se ficarem tão grandes quanto os da Paula? E se ficarem balançando quando eu correr?

Acho que ter os maiores seios da sala pode ser tão ruim quanto ter um peito de tábua.

Por que a vida é tão difícil? Por que tudo tem que ser tão confuso?

POR QUÊ? POR QUÊ? POR QUÊ? POR QUÊ? POR QUÊ?

QUARTA-FEIRA, 1º DE SETEMBRO

(15h11)

Fiquei me sentindo mal o dia todo. Não posso acreditar que é possível sentir tanto medo assim de começar o sétimo ano. O que há de errado comigo? Devo ser um ser humano muito patético. É isso ou estou doente de verdade. Talvez esteja com gripe? Talvez esteja com alguma doença terrível? Fui seguida por uma gaivota bem esquisita e de uma perna só quando saí do mercado no outro dia...

Olha, eu já te disse antes, Elton, não tenho migalhas!

Ah, fala sério!

(Só para constar, não tenho ideia de qual é o nome da gaivota. Mas Elton parecia combinar com ele.)

(15h23)

Gritei para mamãe que eu achava que poderia estar morrendo de uma rara doença desconhecida de pássaros. Ela subiu as escadas e mediu minha temperatura, depois disse que eu estava bem.

Me senti um pouco decepcionada, já que não precisaria ir para a escola amanhã se estivesse morrendo.

Eu só não entendo como, em uma escola com mais de mil alunos, você deve encontrar sua sala de aula. E se você se perder? Recebe uma detenção? Não quero ter problemas sendo que mal comecei.

(**21h11**)

Acho que a mamãe percebeu que eu estava ansiosa, já que fez o discurso: *"você vai fazer novos amigos rapidinho, só tem que ser corajosa e ser você mesma, blá, blá, blá"* de novo... mas o que ela não entende é que ser eu mesma é parte do problema!

Mas ela trouxe torradas com creme de avelã e um chocolate quente para mim. Acho que isso ajudou um pouco.

Antes de dormir, tomei um banho e lavei meu cabelo. Mamãe me deixou usar um pouco do seu condicionador de óleo de coco caro também. Posso ter fracassado em convencer meus pais a me deixarem fazer luzes conforme O PLANO, mas pelo menos terei um cabelo macio e esvoaçante amanhã. Eu coloquei UM MONTÃO para garantir que ficaria superbrilhante.

> **21h35**

Recebi uma mensagem.

> **MOLLY:** Boa sorte amanhã, Lotts! Sei que você vai arrasar. Te amo. Bjos.

> **EU:** Obrigada. Espero que sim! Também te amo. Bjos.

Eu realmente queria ter a confiança da Molly.

QUINTA-FEIRA, 2 DE SETEMBRO

Então hoje é O dia.

Papai acordou primeiro.

— GRANDE DIA PARA MINHA PEQUENA LOTTIE POTE! — gritou ele entrando pela minha porta.

Às vezes eu literalmente quero que o chão me engula. Não acho que papai entende que serei uma adolescente em um ano (e pouquinho).

— É LOTTIE, SÓ LOTTIE! — gritei de volta.

— Lottie. Sim, me desculpe. Entendi.

Eu me levantei e olhei no espelho, e fiquei horrorizada ao descobrir que meu cabelo estava oleoso, escorrido e bagunçado! Parecia que eu tinha esfregado um bloco de manteiga nele. Por que eu nunca fico parecendo aquelas moças de comerciais de xampu? POR QUÊ?

Passei vinte minutos tentando ajeitar meu cabelo, mas não importava o que eu fizesse, ele continuava uma porcaria.

Pensei em lavá-lo outra vez, mas não tinha tempo pra isso.

Eu desci as escadas e mamãe e papai tinham feito um belo café da manhã para mim. Comi uma colherada de cereais e fiquei enjoada.

Depois, tentaram me fazer tirar uma foto de "primeiro dia de aula" na porta de casa. Eu sabia que eles iriam colocá-la nas redes sociais com um comentário sentimental, exagerado e brega sobre como eu tinha crescido, então fiz minha melhor careta.

🙂 **Laura Brooks**

Primeiro dia do sétimo ano!
Vejam como nossa pequena Lottie cresceu!

👍 😊 39 pessoas curtiram isso

Quando cheguei à escola, fui atingida por uma nova onda de medo. Ela parecia ENORME! Fiquei muito assustada ao pensar em como encontraria o caminho para as salas sem me perder... talvez a antiga escola não fosse tão ruim no final das contas.

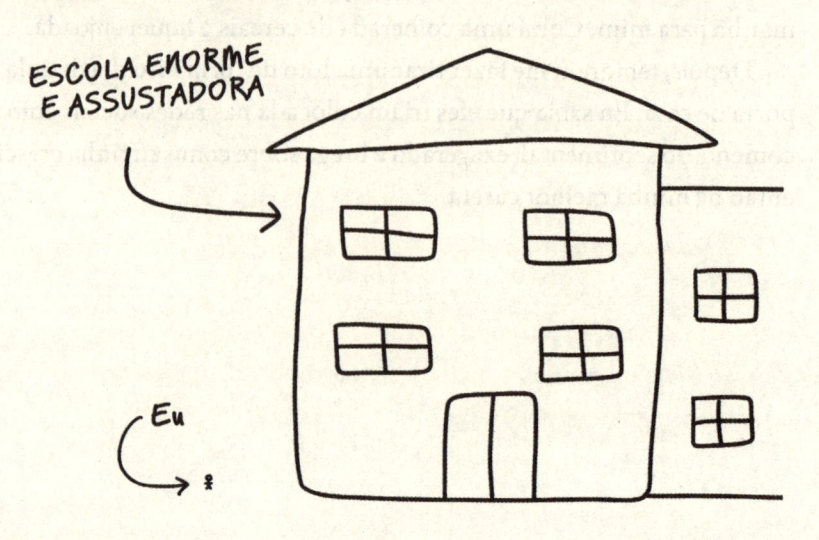

ESCOLA ENORME E ASSUSTADORA

Eu

Consegui encontrar minha sala sem problemas. Estarei no sétimo ano verde (minha "casa" aqui), e ninguém da minha antiga escola está na minha sala — era uma escola pequena, e todos foram para vários lugares diferentes. Molly estaria comigo se não tivesse se mudado, mas tentei não pensar muito nisso.

Fiquei do lado de fora da sala e pensei sobre O PLANO, sobre como eu precisava erguer minha cabeça e entrar na sala como se eu pertencesse àquele lugar. Mas, assim que abri a porta, qualquer confiança que eu tinha foi pelo ralo.

Estava claro que várias crianças já se conheciam, e elas estavam reunidas ao redor das mesas, conversando e rindo.

Comecei a ficar com muita vergonha e não sabia o que fazer com as mãos. Eu ouvia mamãe dizendo no meu ouvido: "Pare de mastigar as mangas, Lottie! Você não tem ideia do quanto custam esses blazers!"

Dei uma olhada rápida pela sala e encontrei um lugar vazio perto da frente da classe.

Assim que me sentei, houve muita agitação perto da porta. Ela se abriu e duas garotas entraram, uma com cabelo loiro e outra com o cabelo preto mais brilhante que já vi na vida. Todos começaram a dizer oi e a abraçá-las. Foi impossível não ficar encarando aquela cena. As duas eram absolutamente lindas. De braços dados, andaram até o fundo da sala.

— Vocês se importam de mudar de lugar? — a loira perguntou a dois garotos que já estavam sentados ali. Foi mais uma ordem do que uma pergunta. — Sempre sentamos na última fileira — disse ela.

Para minha surpresa, os garotos juntaram suas coisas e saíram.

Então, nosso professor, o Sr. Peters, chegou. Foi um pouco estranho, pois nunca tive um homem como professor antes. Ele era mais jovem do que eu imaginava e tinha olhos bonitos e gentis. A primeira coisa que ele disse foi:

— Oi, classe. Estou muito animado para ser seu professor este ano. Também sou novo aqui, é meu primeiro ano no Kingswood High, então, por favor, peguem leve comigo.

Depois, ele deu uma risada nervosa. Eu não sabia que professores ficavam ansiosos também!

Em seguida, disse:

— Para que possamos nos conhecer um pouquinho melhor, pensei em cada um de nós falar um pouco sobre si mesmo.

Eu queria sair correndo daquela sala. Fazer esse tipo de atividade é meu **PIOR PESADELO**! Em primeiro lugar, porque envolve falar na frente de pessoas, em segundo, porque não tenho nada vagamente impressionante para dizer sobre mim.

— Eu começo: sou o senhor Richard Peters, e nos finais de semana eu gosto de fazer *wakeboard* — disse o Sr. Peters. — Quem gostaria de ser o próximo?

— Eu!

Eu me virei para ver quem estava falando: era a garota loira da última fileira.

— Oi, sou Amber Stevens — começou ela —, e essa é minha MELHOR amiga, Poppy Mills. Somos amigas desde a pré-escola. Sei abrir espacate e quando crescer quero ser ginasta profissional ou veterinária.

Ela deu um grande sorriso e jogou o cabelo brilhante para trás. Tenho certeza de que ela fez luzes. Não é justo.

Poppy se apresentou em seguida. Ela disse à classe que é vietnamita e quer ser uma popstar ou bióloga quando crescer. Quanto glamour!

As apresentações continuaram lentamente pela sala e todos pareciam muito interessantes. Fiquei cada vez mais em pânico conforme passava de uma pessoa para a outra.

— Oi, pessoal, sou a Jess — disse uma garota que estava com o cabelo preso em coques com xuxinhas de neon bem legais. — Acabei de me mudar para cá. Minha família é jamaicana e posso fazer cem embaixadinhas quando estou num bom dia!

Ela parecia adorável e sorridente. Eu me perguntei se ser nova aqui significava que ela estaria aberta a fazer novas amizades.

Amber — Confiante
Poppy — Fofa
Jess — Superlegal

Quando chegou minha vez, olhei para o chão, na esperança de não me notarem, mas o Sr. Peters não aceitaria isso.

— Nos conte algo interessante sobre você, Charlotte — disse ele.

Então eu disse — e estou MUITO constrangida de estar escrevendo isso:

— Meu nome é Lottie, e eu gosto de comer KitKat Chunkys.

E então todos começaram a rir, e eu fiquei vermelha como um morango (ou, para dizer a verdade, uma embalagem de KitKat). Que vergonha! Sério, quem fala sobre seu chocolate favorito como a coisa mais interessante sobre si mesmo?!

Pelo resto do dia, as pessoas ficaram me chamando de KitKat Chunkys, e sou a única culpada por isso ter acontecido.

Quando a hora do almoço chegou (a parte do dia que eu mais temia), vi Amber e Poppy andando em direção ao refeitório, conversando. As pessoas acenavam e saíam do caminho conforme elas passavam, era quase como se fossem modelos em uma passarela. Quando chegaram à fila do almoço, foram direto até um grupo de garotas na frente e entraram. O mais louco é que ninguém pareceu se importar!

Depois de ver isso, não tive coragem de entrar. Eu teria me sentido estranha DEMAIS se me sentasse sozinha. Em vez disso, comi meus sanduíches de queijo no banheiro. Tentei me distrair mexendo nas redes sociais, mas isso só fez com que eu me sentisse ainda pior. Tudo o que eu conseguia pensar era que eu só estava na escola há três horas e já tinha conseguido estragar O PLANO. Foi como se eu tivesse voltado para o primário com a Eliza de tranças perfeitas e as outras garotas más.

Minha nossa, eu era a Maruja Pernas de Lagostim de novo! Pelo menos ninguém disse que eu cheirava a xixi (ainda).

Eu gostaria tanto de ser como Amber e Poppy. Elas não terão problemas em fazer novos amigos. Deve ser legal ser tão popular.

Quando cheguei em casa, mamãe perguntou:

— Como foi seu dia?

Por que os pais sempre têm que ser tão intrometidos? Sério, o que ela quer que eu diga? "Ah, mãe, foi ótimo. Já ganhei um novo apelido: KitKat Chunkys. É uma história engraçada. Te conto mais tarde. Não fiz absolutamente nenhum amigo, fiquei vermelha oito vezes e riram de mim treze. Comi meus sanduíches no banheiro, e eles estavam horríveis porque o queijo estava quente e derretido por conta do sol, que também estava muito quente e deixou meu cabelo ainda **MAIS OLEOSO** do que estava essa manhã. Ah, e seu condicionador de coco me deixou com cheiro de prestígio, e eu odeio prestígio! Então, sim, foi um dia muito bom no geral. Obrigada por perguntar!"

O que eu realmente respondi foi um "bom" para impedir uma avalanche de mais perguntas.

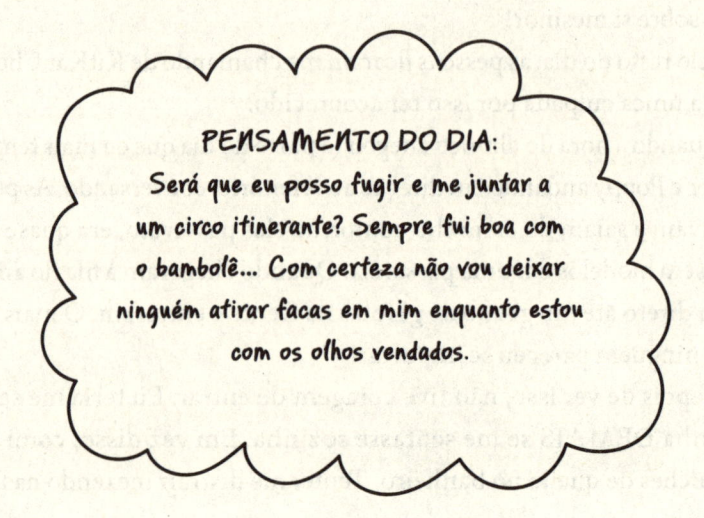

> **PENSAMENTO DO DIA:**
> Será que eu posso fugir e me juntar a um circo itinerante? Sempre fui boa com o bambolê... Com certeza não vou deixar ninguém atirar facas em mim enquanto estou com os olhos vendados.

SEXTA-FEIRA, 3 DE SETEMBRO

(7h46)

Acordei com um novo post nas redes sociais da Molly:

14 curtidas
#vivendominhamelhorvida

Quer dizer, como eu posso competir com isso? Eu tenho aula de inglês e ensino religioso, enquanto ela está surfando na praia de Bondi! Me pergunto se ela vai me esquecer agora que tem uma vida nova e empolgante na Austrália. A Molly é legal e confiante, sei que fará milhares de amigos super-rápido... Então acho que não terá tempo para mim. ☹

Odeio sentir inveja dela, mas, às vezes, é muito difícil não sentir.

(16h56)

Quando cheguei à escola de manhã, estava me sentindo bem desanimada. Então o Sr. Peters anunciou que a escola faria uma festa de outono do sétimo ano em novembro. Já havia pôsteres pendurados por toda a escola e todos estavam comentando sobre isso.

> **FESTA DO SÉTIMO ANO!**
>
> R$ 3,00
>
> 18h30 - 20h30
> Sexta-feira, 19/11

Amber e Poppy estavam praticamente explodindo de empolgação, e o Sr. Peters as repreendeu três vezes por falarem enquanto ele tentava fazer a chamada. Elas estavam ocupadas discutindo quais penteados usariam.

Eu sorri e tentei parecer feliz, mas todo mundo sabe que festas só são divertidas se você tem amigos. Acho que vou ter que pensar em uma boa desculpa para não ir.

Passei todo o intervalo e almoço vagando sozinha outra vez.

E agora a pior parte...

À tarde tivemos aula de educação física e adivinha? Liv estava errada. Nem todo mundo do sétimo ano usa sutiãs! Muitas garotas ainda usavam tops, então acabei ficando com vergonha da mesma forma. Depois, aconteceu a coisa mais humilhante de todas. Amber disse:

— Não é engraçado como algumas pessoas usam sutiã quando nem precisam?

Eu tentei vestir minha camiseta o mais rápido possível.

Em seguida, Poppy disse:

— Estou surpresa que você usa sutiã, KitKat Chunky. Nem sabia que faziam tamanhos tão pequenos!

E todo mundo começou a rir.

Eu só queria que o chão me engolisse. Jess tentou me dar um sorriso solidário, mas isso não ajudou, e dessa vez não fiquei nem vermelha, fiquei roxa igual uma beterraba.

Eu era basicamente uma beterraba sem peitos usando um sutiã!

Aparentemente Amber já usa tamanho M. Deve ser incrível ter seios. (Embora, para ser honesta, eles não parecessem tão visíveis também...)

A conclusão é de que eu comprei um sutiã porque estava preocupada que as pessoas tirariam sarro de mim por não ter um, mas agora que tenho um, as pessoas estão rindo de mim por não precisar dele.

LITERALMENTE NÃO TEM JEITO DE VENCER ESSE JOGO!!!!!! ☹

A única coisa boa é que é sexta-feira, e não tem aula por dois dias. UHUL!

(23h53)

Não consigo dormir. Parece que tudo está dando errado. Queria que Molly estivesse aqui. Sinto tanto a falta dela.

(00h27)

Conversa de WhatsApp com Molly:

EU: Molly?

MOLLY: Lottie! O que você tá fazendo acordada? Não é madrugada por aí?

EU: Sim. Só queria conversar. As coisas não estão nada boas na escola...

MOLLY: Ah, não. O que aconteceu?

EU: Hum. Por onde começar? Sou uma beterraba sem seios, cada vez que eu falo, algo estúpido sai da minha boca, e eu realmente deveria ter comprado o estojo de taco.

MOLLY: 😂

EU: Não ria! Isso é sério. Estou realmente preocupada que Maruja Pernas de Lagostim volte!

MOLLY: DESCULPA. Não quis rir, mas acho que você não percebe como é engraçada, Lottie. Relaxa. Só faz dois dias, aposto que todos estão se sentindo da mesma maneira! Além disso, estojos de taco estão TÃO ultrapassados...

EU: Como você sempre consegue fazer eu me sentir melhor?

MOLLY: Ahn... por que eu sou incrível?

EU: Você é mesmo. Bjos

MOLLY: OBS. Só pra você saber, eu sempre amarei Maruja Pernas de Lagostim. 🖤

Uhuuuu!!!!!

SÁBADO, 4 DE SETEMBRO

(11h39)

Dormi até mais tarde hoje de manhã e acordei me sentindo muito melhor a respeito de tudo.

Quando me levantei, mamãe anunciou que hoje à noite sairíamos para uma "ótima refeição em família" no Pizza Express. Eu adoro o jeito que meus pais sempre dizem "ótimo" antes de coisas que eles querem que façamos juntos, como uma espécie de ameaça. De qualquer forma, mamãe disse que era para comemorar que estou indo "tão bem" na minha nova escola (questionável) e também porque tem uma notícia empolgante para compartilhar com a gente.

Toby e eu naturalmente passamos o resto da manhã tentando adivinhar qual seria a notícia. Aqui estão algumas de nossas ideias:

* Uma viagem para Nova York;

* Uma viagem para a Disney;

* Uma mesada de 100 reais por mês;

* Acesso ilimitado aos doces da nossa casa;

* Uma Lamborghini (cada);

* Um suricato de estimação (cada);

* Um unicórnio de estimação (cada);

* Lanche no jantar todas as noites por um ano;

* Ingressos na primeira fila para um show do Justin Bieber;
* Poder dormir 1 da manhã;
* Nossa própria máquina de raspadinha;
* Escorregadores ligando nossos quartos a uma piscina aquecida no quintal.

ESTOU MUITO EMPOLGADA PARA SABER O QUE É!!!!!!!!

21h23

Se tudo estava ruim antes, agora está pra lá de ruim. Na verdade, está pra lá de péssimo. É super-ultra-mega péssimo com uma cereja em cima. É um sundae de sorvete que tem os piores sabores que você pode imaginar, tipo meias molhadas e queijo com molho de meleca e granulados de caspa.

Tá bem, eu mesma fiquei com nojo agora, então vou direto ao ponto.

Quando chegamos no restaurante, Toby e eu estávamos tremendo de ansiedade. Mamãe e papai disseram que poderíamos pedir o que quiséssemos, então comecei a pensar que talvez tivéssemos ganhado na loteria.

Quando a garçonete chegou, eu disse:

— Vou querer uma porção dupla de pãezinhos, uma pizza de pepperoni com pepperoni extra e um refrigerante grande, por favor.

Papai nem piscou quando ouviu "porção dupla de pãezinhos" e normalmente é ele quem sugere que a gente compartilhe.

Enquanto comíamos as entradas, papai tossiu um pouco nervoso e disse:

— Então, queríamos sair com vocês para contar a grande notícia. Haverá grandes mudanças em nossa casa em breve!

Toby começou a pular para cima e para baixo.

Eu não me aguentei e gritei:

— MEU DEUS, EU SABIA! NÓS REALMENTE GANHAMOS NA LOTERIA, NÃO É?

— SIM! — gritou Toby — POSSO GANHAR UMA LAMBORGHINI AZUL?

— POR FAVOR, PODEMOS FAZER COMPRAS EM NOVA YORK? — eu berrei, pulando da minha cadeira.

Então percebi que o restaurante tinha ficado em silêncio e todos estavam olhando para nós. Eu me sentei outra vez.

Mamãe pareceu muito surpresa.

— Hum... ahn... não, crianças. Não é isso, lamento. O que seu pai e eu queremos contar é que... bom, vamos ter um bebê! Vocês serão irmão e irmã mais velhos! Não é legal?

Você sabe o que é um momento "dá para ouvir uma agulha caindo"? Quando tudo fica supersilencioso e estranho? Bom, é exatamente isso o que aconteceu na hora. Toby e eu ficamos sentados ali, de boca aberta, pelo que pareceu um milhão de anos.

Quando eu finalmente consegui falar, perguntei:

— O QUÊ? COMO?!

Mamãe deu risada.

— Ora, Lottie, você sabe tudo sobre cegonhas e abelhas. Mas podemos explicar novamente, se você quiser. Quando uma mamãe e um papai se amam muito...

Eu rapidamente interrompi para não ter que ouvir mais nada.

ISSO É TÃO NOJENTO! VOCÊS SÃO MUITO VELHOS!!

Toby disse:

— Bebês são uma porcaria. Eu queria ir para a Disney.

E em seguida continuou enfiando pãezinhos na boca como se nada tivesse acontecido.

Mamãe e papai pareciam bastante chateados, mas sério, minha nossa, de verdade! Que tipo de resposta eles estavam esperando?

O resto do jantar foi bem silencioso. Eles murmuraram sobre como o bebê completaria a família, e como nós o amaríamos quando ele ou ela finalmente chegasse.

Tudo o que eu pensava era: *E quanto a mim? E Toby? Não somos mais suficientes para eles?*

Tudo parecia estar mudando ultimamente, exceto eu.

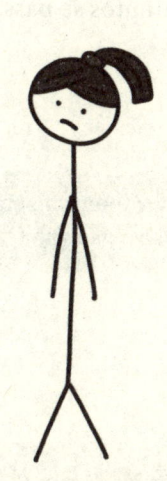

22h43

Conversa de WhatsApp com Molly:

> EU: Pior notícia de todas.

> MOLLY: QUAL?!?!?

EU: Você está sentada?

MOLLY: Sim!

EU: Você tem um balde?

MOLLY: Não, pra que eu precisaria de um balde?

EU: Talvez você fique com vontade de vomitar.

MOLLY: Ok, peraí.

Cinco minutos se passaram...

EU: CADÊ VOCÊ?!

MOLLY: Foi mal, não consegui encontrar um balde. Mas tenho a lixeira de debaixo da minha mesa.

EU: Vai ter que servir.

MOLLY: Vai logo, do que você está falando?! ME CONTA!!

EU: Ok, minha mãe está... grávida!

MOLLY: MEU DEUS!!

EU: Eu sei.

MOLLY: Isso significa que eles estão... fazendo aquilo!!

EU: Eu sei.

MOLLY: Isso é nojento!

EU: Eu sei.

MOLLY: Mas eles são tão velhos!!!

EU: Foi o que eu disse! 🤮

PENSAMENTO DO DIA:
Por que meus pais não podiam ter arrumado um cachorrinho em vez disso, como uma família NORMAL?

DOMINGO, 5 DE SETEMBRO

O resto do final de semana foi um tédio. Desde que contou a "grande notícia", mamãe parece cansada e infeliz.

Aparentemente parte do problema é que ela não pode beber vinho agora que está grávida, o que é um pouco difícil para ela, já que sabemos como ela é **OBCECADA** por isso.

Não será por muito tempo, meu amor...

vinho

Papai disse que devemos ser mais gentis com a mamãe e ajudá-la com as coisas da casa porque gerar um bebê é difícil, mas o que ele parece não se lembrar é que ter onze anos e três quartos também é difícil!

Além disso, estou com muito medo de voltar para a escola amanhã. Agora parece que não me querem na escola ou em casa. ☹

SEGUNDA-FEIRA, 6 DE SETEMBRO

(20h43)

Bom, hoje foi melhor do que o esperado, porque não só uma, mas duas coisas **MUITO** boas aconteceram.

1.) No caminho para a escola, eu vi o garoto **MAIS LINDO** que já tinha visto na vida. Ele tinha um cabelo castanho claro jogado para trás e grandes olhos castanhos, e estava com um grupo de amigos. Quando passei por eles, ouvi um deles dizer: — Ei, Theo, te vejo no *fut* mais tarde!
Continuei dizendo seu nome.
Theo. Theeeeeeo. **THEO!**
Que nome perfeito, tãããããããão chique.
Decidi chamá-lo de Lindo Theo, porque ele é lindo e ahn, sim, se chama Theo (caso você não tenha entendido essa parte ainda).

Lindo Theo
(também conhecido como o ser humano mais PERFEITO que eu já vi).

(Nota: como não sou tão boa desenhando pessoas, talvez você não consiga perceber por esta imagem o quanto ele é bonito de verdade. Você terá que acreditar em mim, ok? Ele é **MUITO** fofo. Sério!)

②. Durante a chamada, senti um cutucão e Jess (você se lembra da garota com as xuxinhas neon, né?) me passou um bilhete. Eu o colei aqui para você:

> Ei, garota KitKat,
> eu também
> gosto de KitKats.
> Quer almoçar comigo?
> Bjos, Jess.

Eu fiquei **TÃO** feliz. Estava tentando não parecer muito patética, por isso não respondi: **SIM, POR FAVOR! ESTOU DESESPERADA!**

Em vez disso, dei uma resposta curta e simples, mas adicionei um desenho:

> Claro, seria demais!
> P.S.: Eu não gosto
> tanto assim de KitKats,
> só como uns 14 por dia...

Quando eu me virei para devolver o papel, ela me deu um sorriso enorme. Foi muito bom ver alguém sorrir daquele jeito só para mim. Ela também deu risada quando viu meu desenho, então acho que é um bom sinal, né?

Mais tarde, quando cheguei ao refeitório, fiquei bem ansiosa pois provavelmente Jess só estava brincando sobre almoçar comigo, mas então eu a vi em uma mesa com um lugar livre ao seu lado e ela acenou para mim. Começamos a comer nossos sanduíches.

(O meu era com geleia, mas o dela era de frango com curry. Eu sei, sofisticado, né?!).

— Então — disse ela —, por que você não conhece ninguém por aqui?

— Eu conheço! — comecei a responder. — Bom, costumava conhecer... minha melhor amiga, Molly, acabou de se mudar para a Austrália. E você?

— Acabamos de nos mudar para cá. Meu pai conseguiu um novo emprego, então tive que deixar todos os meus amigos para trás.

— Foi exatamente o que aconteceu com a Molly! É uma droga quando os pais fazem isso. Você ficou muito triste?

— Eu fiquei bem triste no começo, mas aqui não é tão ruim. — Ela parou e olhou para baixo, ansiosa. — Achei que talvez pudéssemos andar juntas?

— Eu VOU AMAR! — respondi (talvez um pouco animada demais).

Quando cheguei em casa, mamãe perguntou outra vez sobre o meu dia, e em vez de responder "bom", decidi contar a ela.

Não sobre tudo, eu não contei sobre Theo.

— Acho que fiz uma amiga nova, mãe. Ela se chama Jess, usa xuxinhas neon no cabelo e come sanduíches de frango com curry.

— Isso é ótimo, Lottie! — disse mamãe, sorrindo.

Então, o resultado de hoje é que...
EU TENHO UMA AMIGA!
EU TENHO UMA AMIGA!
EU TENHO UMA AMIGA!
EU TENHO UMA AMIGA!
LA LA LA LA LAAAAAAAAAA!

Bom, eu *possivelmente* tenho uma amiga. E *definitivamente* tenho um crush!

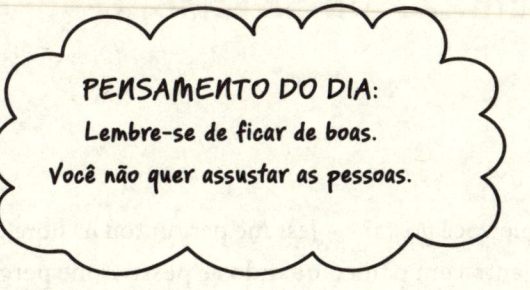

> **PENSAMENTO DO DIA:**
> Lembre-se de ficar de boas.
> Você não quer assustar as pessoas.

21h17

Pesquisei o nome Theo e foi isso o que encontrei: o nome Theo é um nome masculino de origem grega que significa "presente de Deus".

Uau. É perfeito para ele!

TERÇA-FEIRA, 7 DE SETEMBRO

15h48

— Então, do que você gosta? — Jess me perguntou na hora do almoço.

Eu sempre entro em pânico quando as pessoas me perguntam isso, porque não tenho nenhum hobbie interessante — a menos que você considere assistir vídeos obsessivamente na internet. Isso é algo com o qual eu sou muito, muito comprometida. Pensei em dizer a ela que curtia *grime*, mas então decidi que parecia ser um problema contar a verdade.

— Eu gosto de ler, desenhar e de unicórnios. E dá um pouco de vergonha, mas eu também gosto muito do... Justin Bieber.

Ela deu risada.

— Você quer saber algo constrangedor DE VERDADE? Eu coleciono Famílias Sylvanian.

— Mentira! Eu também!

Mas eu não contei a ela que, às vezes, ainda brincava com eles.

— A gente poderia comparar as coleções um dia!

— Seria ótimo.

Bem naquele momento, Lindo Theo desfilou passando por nós. Eu digo desfilando, pois é importante — ele não anda ou se arrasta ou tropeça como as outras pessoas fazem. Ele se move com propósito, como se tivesse direito de estar ali e de ser visto. Devo ter me distraído e ficado boquiaberta, pois ouvi uma voz tentando chamar minha atenção.

— Lottie, Lottie! Terra chamando Lottie!

Era Jess.

— Foi mal! Eu só...

— O que há com você? — perguntou ela.

— Você não o viu?

— Vi quem?
— QUEM?!
— Sim. Quem?
— O presente de Deus.
— O quê?
— Quer dizer... quer dizer... Lindo Theo.
— Quem, o quê, onde?
— Ali! Aquele com o cabelo jogado para trás e os... olhos.

Jess seguiu meu olhar, e então ergueu as sobrancelhas.

— Aaaaaah... — disse ela. — Ualll...

Nós duas ficamos lá boquiabertas.

— É impressão minha — comentei — ou ele irradia raios de sol?
— Não, não é só impressão. Ele definitivamente faz isso.
— Foi o que pensei.

20h12

JESS: Você vai participar daquela festa idiota de outono?

EU: Provavelmente não. Parece muito constrangedora.

JESS: Sim, talvez seja bem ruim... mas acho que poderia ser ok se fossemos juntas!

EU: Sim, também acho que seria ok.

JESS: Então bora. ☺

EU: AAAAAAFF, O QUE VAMOS USAR?!?!?!?

JESS: AAAFFF, NÃO SEI!!!!!!!

Então, no final das contas, vou à festa de outono. Me sinto um pouco como uma Cinderela moderna.

Estou empolgada, mas também um pouco ansiosa, principalmente porque não tenho um único item de roupa no meu armário que diz: "Eu me sinto em casa em uma festa do sétimo ano!" Quer dizer, na escola você está segura (mais ou menos) porque todos estão usando uniforme, mas quando nos reúnem e nos fazem usar nossas próprias roupas, é muita exposição. É assim que você realmente conhece uma pessoa!

Certa vez, no 3º ano, tivemos um dia sem uniforme e uma garota chamada Izzy usou uma camiseta do filme Frozen mesmo tendo oito anos. Durante os três anos seguintes, as pessoas cantavam "Você quer brincar na neve?" toda vez que a viam.

(23h12)

Eu sei que deveria estar dormindo, mas eu realmente precisava conversar com a Molly.

EU: Adivinha!!!

MOLLY: Huuum, você tem um novo namorado e ele é lindo como o Harry Styles?

EU: Não, bobinha. Quem me dera. Mas eu tenho um novo crush. Não sei seu nome completo, então eu o chamo de Lindo Theo. 😎 E eu fiz uma nova amiga chamada Jess. Ela é bem legal e muito engraçada. Você iria adorar ela! E a escola vai fazer uma festa de outono, e eu e Jess vamos juntas, o que é um grande alívio, pois eu estava com muito medo de ir sozinha!

MOLLY: *Digitando...*

MOLLY: *Digitando...*

EU: Você ainda tá aí?

MOLLY: Sim, foi mal. Que legal. Parece que você está se divertindo muito!

EU: Sem problemas. As coisas estão melhorando de qualquer maneira. E como vão as coisas para você?

MOLLY: INCRÍVEIS! Isla me apresentou a TODOS na escola, e eu já sinto como se morasse aqui há anos.

EU: Ah, uau... bom, estou muito feliz por você.

Eu estava tentando parecer feliz, mas era difícil ouvir sobre como Molly estava tendo dias incríveis sem mim. Minha notícia sobre ter UMA amiga não chegava nem perto de ser emocionante como as dela.

MOLLY: Obrigada. Enfim, tenho que ir. Vou ter outra aula de surf. Estou ficando boa, sabe. Além disso, meu instrutor Brad é super GATO! 😎

EU: ok, legal. Se divirta, best. Estou feliz que você esteja aproveitando por aí. Só não se esqueça de mim.

MOLLY: Não vou. Não se esqueça de mim também.

EU: NUNCA. Te amo. Bjos.

MOLLY: Eu também. Bjos.

    Depois da nossa conversa, fiquei um pouco triste. Molly tem essa nova vida incrível na Austrália, cheia de surfistas lindos e descolados — e o que eu tenho? ☹

    Pelo menos tenho uma amiga... acho.

QUARTA-FEIRA, 8 DE SETEMBRO

Minha. Nossa.

Lindo Theo está na minha aula de teatro. Ainda não sei dizer se isso é algo bom ou ruim.

O lado positivo é que posso passar cinquenta minutos por semana encarando (ou pelo menos olhando) para seus lindos olhos castanhos.

O lado negativo é que só de vê-lo meu corpo se transforma em gelatina e mal consigo formar uma frase em sua presença.

> É, hum, ahn, meu nome é, ahn, acho que... é Lottie, talvez... provavelmente.

Por sorte, hoje só fizemos alguns exercícios em grupo. Nossa professora, Sra. Lane, também nos contou o que faremos durante o ano, mas isso não me pareceu um bom presságio, pois teatro é basicamente sobre ficar de pé e falar/dançar/cantar na frente das outras pessoas, ou seja, meu pior pesadelo!

QUINTA-FEIRA, 9 DE SETEMBRO

Hoje cheguei mais cedo para a aula de Educação Física para poder me trocar rápido antes que alguém chegasse. Não queria ninguém prestando atenção no meu sutiã de novo, ou, para ser mais precisa, no que faltava nele.

Assim que troquei de roupa, eu me sentei no banco e fiquei ouvindo as outras garotas conversarem. Na maioria das vezes era só Amber e Poppy, já que elas falam superalto, e elas estavam tendo uma conversa realmente interessante.

— Você notou como a Mia está peluda? — Amber perguntou para Poppy num sussurro falso que todos podiam ouvir.

— Eu VI. É tão nojento! — respondeu Poppy. — Imagine ter tanto pelo assim e não depilar as pernas. Sério, no que ela está pensando?

Um alarme começou a tocar na minha cabeça. **DIIIING! LOTTIE, APENAS CHAMANDO SUA ATENÇÃO PARA OUTRA COISA QUE VOCÊ ESTÁ FAZENDO ERRADO! DIIIIIING!**

— O que você acha, KitKat Chunky? — Amber virou-se para mim. — Você não acha que é estranho não depilar a perna na nossa idade?

PÂNICO. O que ela estava me perguntando?

Além disso, o que ela quis dizer com "nossa idade"?

Para ser honesta, eu nunca tinha pensado em depilar minhas pernas antes. Nem sabia que isso era algo comum. Bom, eu sabia que era *comum*, mas não pensei que eu precisava me preocupar com isso agora. Pensei que certamente era para garotas mais velhas. Quer dizer, temos apenas onze anos...

Como posso acompanhar tudo isso?

Eu não queria que Amber ou Poppy soubessem de nada disso, então respondi:

— É. Tão... estranho... — e depois me afastei para que elas não pudessem notar que eu não tinha depilado as pernas.

Não consegui pensar em mais NADA o dia todo, então minhas aulas foram uma perda de tempo total.

Assim que cheguei em casa, corri direto para o meu quarto. Eu nunca tinha notado os pelos das minhas pernas antes, mas quando as examinei de perto descobri que, na verdade, EU SOU UM GORILA!

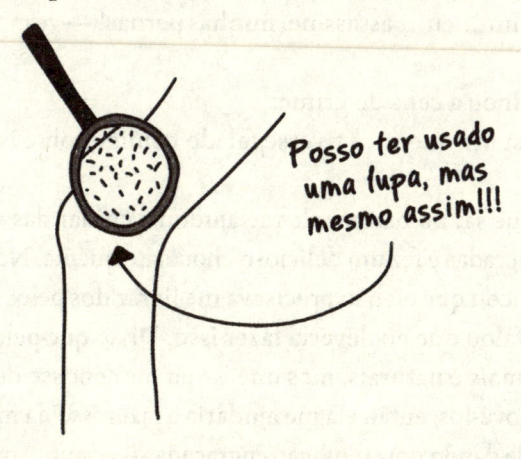

Posso ter usado uma lupa, mas mesmo assim!!!

Então, à noite, disse a mamãe que ia tomar "um banho relaxante" e, assim que fechei a porta, peguei uma das lâminas de barbear de aparência antiga do papai. *Não deve ser difícil, né?*, pensei.

Mas é bem difícil, no final das contas.

Sério, não quero ser muito gráfica, mas parecia que eu tinha massacrado meus hamsters na banheira. Estava me sentindo enjoada e fraca, e comecei a me preocupar com a possibilidade de sangrar até a morte.

Socorro!!

Em seguida, mamãe começou a bater na porta.
— Você está aí há muito tempo, Lottie — disse ela. — Está tudo bem?

Por fim, tive que deixá-la entrar.

— Lottie, o que foi? — perguntou ela quando viu meu rosto. — Você está branca que nem fantasma!

— Eu…ahn… eu… assassinei minhas pernas! — respondi, e comecei a chorar.

Ela examinou a cena do crime.

— Eu gostaria que você tivesse falado comigo sobre isso. Eu poderia ter ajudado!

Depois que saí do banho, ela me ajudou a cuidar das minhas pobres pernas massacradas e fez um delicioso chocolate quente. Nós conversamos e ela me explicou que eu não precisava me livrar dos pelos nas pernas porque alguém falou que eu deveria fazer isso. Disse que pelos eram perfeitamente normais e naturais, mas que, se eu me sentisse desconfortável e quisesse removê-los, então ela me ajudaria a fazer isso da maneira correta.

— Está me dando uma sensação engraçada — admiti, e mamãe disse que compraria creme de depilação amanhã (aparentemente é uma opção mais segura do que as lâminas imundas do papai) e que resolveríamos isso juntas.

Talvez eu não diga isso com frequência, mas, só para constar, eu **REALMENTE** amo minha mãe.

Antes de dormir, mandei uma mensagem para Molly só para alertá-la para que não cometa o mesmo erro:

> **EU:** Não — repito, NÃO depile suas pernas por impulso usando uma lâmina comprada em 1995. Isso não acaba bem!

A culpa não é minha que você não sabe me usar!

SEXTA-FEIRA, 10 DE SETEMBRO

Jess notou imediatamente os curativos nas minhas pernas.

— Você tropeçou? — perguntou ela.

Tive vontade de dizer sim, mas há algo em Jess que faz você querer contar a verdade. Não importa quão ruim seja.

— Ah, hum, não. Eu... bom, é um pouco constrangedor, na verdade, mas eu tive um pequeno acidente tentando depilar minhas pernas ontem à noite.

Ela deu risada.

— Não entendi. Por que fazer isso? Dá muito trabalho.

— Amber e Poppy disseram...

— Quem se importa com o que elas pensam? Deixe que elas falem o que quiserem, mas tenho mais o que fazer com o meu tempo.

Fiquei chocada. Sério, imagine não se importar com o que pensam de você? Imagine ter mais o que fazer com meu tempo! Cho-ca-da.

Depois da escola, mamãe veio até meu quarto e disse:

— Comprei um creme de depilação na farmácia, se você quiser posso te mostrar como usá-lo.

— Obrigada, mãe — respondi —, mas acho que vou esperar mais um pouco, ainda não tenho certeza se preciso disso. Você sabia que a Jess não depila as pernas porque ela tem mais o que fazer com seu tempo?

— Bom, acho que essa Jess parece ótima. Talvez você queira convidá-la para vir aqui?

— Sim, talvez eu convide.

Agora, eu não fico mais preocupada como eu ficava antes de dormir. Em vez disso, estou me sentindo bem com as coisas. ☺

SÁBADO, 11 DE SETEMBRO

Enquanto jantávamos, mamãe disse para mim e para Toby:
— Para que possamos ficar animados com o novo bebê, seu pai e eu pensamos que talvez vocês gostariam de ajudar a escolher um nome.
Por incrível que pareça, uma grande ideia surgiu na minha mente.

Já sei, vamos chamá-lo de Dave!

Mamãe e papai não pareceram muito animados.
Por que me perguntaram se não queriam ouvir minhas sugestões?

DOMINGO, 12 DE SETEMBRO

7h23

Não dormi muito bem na noite passada. Não consegui parar de pensar no Bebê Dave. Sonhei que ele nascia usando um terno e parecia um corretor de imóveis. Foi uma loucura só.

> Olá, eu sou Dave e tenho uma adorável casa com 3 quartos e garagem para 2 carros para lhe mostrar hoje!!

17h26

Às vezes crescer é a pior coisa que tem.

Mamãe entrou no meu quarto, sentou-se na minha cama e estava com uma cara meio séria e sorridente, o que significa "quero falar com você sobre algo que eu sei que você não quer falar comigo". É a mesma cara que ela fez antes de termos a conversa sobre "De onde vem os bebês?", então você pode imaginar como fiquei tensa. **OH-OH**. Não, obrigada, mãe, eu realmente não estou a fim de discutir as complexidades de como os bebês são feitos com você de novo. Já foi doloroso o bastante na primeira vez!

— Oi, querida, comprei isso para você hoje — disse ela, colocando um desodorante *roll-on* com cuidado sobre a cama.

— Você está tentando me dizer alguma coisa? — perguntei.

— Não, querida, você cheira como rosas para mim. É que você parece estar crescendo tão rápido ultimamente... comprou seu primeiro sutiã...

— MÃE!

— E depilou as pernas...

— MÃE!

— E logo pode começar a se sentir mais confortável para usar desodorante, mas VOCÊ é quem vai decidir isso, é claro.

— MÃE!

Minha nossa, por que ela estava me dizendo essas coisas?!

— A puberdade acontece com todas nós, querida — continuou ela. — Não há nada com que se envergonhar.

Senti minhas bochechas ficarem quentes. Foi TÃO embaraçoso! Eu literalmente não consigo lidar com a conversa sobre puberdade – é tudo **MUITO CONSTRANGEDOR**. Pensei comigo: *Se ela começar a falar sobre minha jornada rumo a ser mulher, vou morrer.*

> É o início da sua jornada rumo a ser mulher...

— DE JEITO NENHUM! — eu disse. — Na verdade, mãe, eu decidi rejuvenescer em vez disso. Quero ter sete anos outra vez. A vida era muito mais simples naquela época. Eu não vou, DE MANEIRA NENHUMA, me tornar uma mulher, por que, adivinha só? A PUBERDADE É UMA DROGA!

— Ah, Lottie, pare de ser tão dramática! — mamãe estava claramente tentando segurar uma risada.

— ISSO NÃO É ENGRAÇADO!

— Ok, eu sei. Me desculpe, docinho. Coloquei alguns absorventes na sua gaveta de calcinhas, caso você precise deles quando eu não estiver por perto. Não vou falar mais nada sobre isso, a menos que você queira conversar, e então... bom, vou sempre estar aqui para responder suas perguntas.

— Bom, não tenho perguntas porque, como eu disse, não participarei de nenhuma jornada rumo a ser mulher, muito obrigada!

— Nem se passarmos no drive-thru e comprarmos um lanche no caminho?

— MÃE!

Ela apenas bagunçou meu cabelo, beijou minha testa e foi embora.

Cheirei minhas axilas. Para ser sincera, não consegui sentir cheiro de nada, mas talvez eu já esteja acostumada com meu próprio fedor? Eu realmente acho que mamãe estava tentando me dizer que sou fedida...

Sutiãs, menstruação, pelos nas pernas, meninos e odor corporal! Tenho tanta coisa para pensar. Às vezes, quero crescer rápido, e, às vezes, queria só brincar alegremente no carpete com Meu Querido Pônei.

Argh, talvez tudo fique mais claro quando eu fizer doze anos. **VAMOS TORCER PARA ISSO!**

SEGUNDA-FEIRA, 13 DE SETEMBRO

Jess veio aqui em casa depois da escola hoje. Minha família fez tudo o que podia para tentar destruir minha única amizade sendo superconstrangedores.

Primeiro, mamãe foi mega exagerada.

— AH, JESS! Que prazer conhecer você. Lottie nos falou TANTO de você. — (Mentira.) — Estamos TÃO felizes que ela tem uma nova amiga!

Jess disse:

— Obrigada, senhora Brooks, e parabéns pelo novo bebê!

Eu disse:

— Sim, estamos todos ansiosos para conhecer o Dave!

E mamãe me deu um olhar de advertência.

Em seguida, Toby começou a demonstrar suas habilidades de fazer barulho de pum com as axilas. Ele consegue tocar a música de *Star Wars*, o que é legal, eu acho (se você gosta desse tipo de coisa).

E então papai disse:

— Aaah, a famosa Jéssica! É tão bom conhecer você!

— Oi, senhor Brooks, é um prazer conhecer você também — disse Jess.

— É Jess — eu comentei.

— Tá bem, Lottie Pote, o que você disser.

Revirei os olhos. Ele sabe que eu odeio esse apelido idiota.

— Me desculpe. Jess e Lottie, entendi — disse papai, piscando para mim.

Foi quando tomei a decisão executiva de ter alguma privacidade indo para o meu quarto.

Pegamos meus Sylvanians de debaixo da cama — eles ainda estavam lá desde o dia em que Liv apareceu — e Jess começou a arrumar a padaria para mim.

— Minha mãe comprou absorventes para mim outro dia — eu comentei com cautela. — Caso eu... você sabe... fique *naqueles* dias.

— Você acha que vai? — perguntou Jess. — Eu não sei se quero. Parece nojento.

— Eu sei. Eu quero e não quero. Não quero ser a última a ficar menstruada, mas também não quero ser a primeira. Parece um trabalhão.

— Minha mãe disse que podemos ter cólicas também. Acho que estou feliz em esperar mais um pouco.

— Eu também. Ei, você usa desodorante? Não sei dizer se preciso usar.

Então passamos cerca de vinte minutos tentando cheirar nossas próprias axilas, e quanto mais cheirávamos, pior era o cheiro.

Aaah, eu acho que estou fedendo!!!

Eu também! Tenho cheiro de lixo.

Depois que nos cansamos de cheirar nossas axilas, Jess disse:
— Eu tive uma ideia. Você quer ver se achamos o Theo no Instagram?
— SIM!

Conseguimos encontrá-lo, mas, infelizmente, sua conta era fechada, então passamos uma hora analisando sua foto minúscula de perfil e discutindo se ele aceitaria ou não nossos pedidos se o seguíssemos.

Foi tão bom ter alguém com quem conversar sobre todas essas coisas estranhas de garotas!

TERÇA-FEIRA, 14 DE SETEMBRO

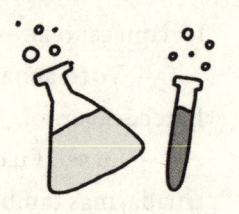

Nas manhãs de terça, eu tenho aula dupla de ciências. Que maneira de começar o dia!

Nossa professora de ciências, a Sra. Murphy, anunciou que trabalharíamos em projetos em grupos. Eu imediatamente entrei em pânico. Um dos muitos problemas de não ser popular é que, quando você precisa participar de grupos, acaba sempre com os desajustados com quem ninguém mais quer ficar, ou seja, eu.

Jess está em uma turma diferente de ciências, então abaixei minha cabeça e fingi que não me importava com quem eu trabalharia, e então a coisa mais estanha de todas aconteceu. Ouvi uma voz que parecia muito com a de Amber dizer:

— Ei, garota KitKat, quer fazer com a gente?

Eu literalmente quase desmaiei! Tipo, **MINHA NOSSA!**

Eu me esforcei ao máximo para parecer super de boas e respondi:

— Claro.

Em seguida, fui em direção à mesa delas. Infelizmente, minhas pernas decidiram fazer algo completamente diferente e eu tropecei no nada. O conteúdo da minha mochila se espalhou pelo chão. Quando olhei, desejei não ter olhado. No chão, bem ao lado do pé de Amber, estava a Sra. Fofinha! Como ela foi parar ali?

> Sra. Fofinha, por que, me diga, por que você está tão disposta a sabotar meus esforços para parecer normal?!

— Ahn... Por que você tem um coelhinho de brinquedo na sua mochila? — perguntou Poppy.

Meu rosto corou e senti que a sala toda me observava.

— Ah... — eu disse. — É do meu irmãozinho... não tenho ideia do porque ele colocou na minha mochila... eu odeio essas coisas estúpidas...

Eu rapidamente peguei todas as minhas coisas, ajeitei meu cabelo e me sentei no lugar vazio da mesa. Tentei parecer o mais inabalável possível. Amber e Poppy ficaram lá sentadas, parecendo muito confusas, pelo que pareceu uma ETERNIDADE, mas, por fim, Amber quebrou o silêncio constrangedor.

— Ei, eu sou a Amber e essa é a Poppy — disse ela. Como se eu já não soubesse!

— Ei, sou a Lottie. Vai ser bom trabalharmos juntas.

Por que eu estava falando como uma contadora?

Poppy apenas sorriu e disse:

— Legal. KitKat Chunkys são os meus favoritos também.

A Sra. Murphy pediu que a classe ficasse em silêncio e começou a explicar quais eram os projetos em grupo. Cada grupo receberia um diferente tipo de força para conduzir experimentos científicos, depois teríamos que relatar as descobertas à classe. Nosso grupo ficou com a gravidade. Sra.

Murphy disse que podíamos utilizar o restante da aula para escrever nossos objetivos e começar a pensar em nossa metodologia*.

* Palavra sofisticada para descrever como você faz o experimento.

— Ahn, então, eu acho que nossos objetivos deveriam ser... — comecei a falar.

— Lottie, relaaaaaaaxa! — interrompeu Amber. — Poppy e eu normalmente jogamos Beijo, Caso ou Mato durante a aula de ciências, o que, obviamente, é MUITO MAIS importante do que a gravidade!

— Bom — tentei brincar —, sem a gravidade, eles, os garotos, sairiam voando, então, na verdade, é bem importante... — Por que eu sou assim?!

— Olha — disse Poppy —, ciências é chato! E, de qualquer forma, gravidade é superfácil! Veja. — Ela derrubou o estojo da mesa. — Que surpresa. Caiu no chão. Experimento feito!

— Mas — disse Amber —, se você não quer ficar no nosso grupo, então...

— Eu quero. Foi mal.

— Ok, legal. Resolvido. Certo, eu começo. Bradley, Leo, Daniel —, disse ela, escolhendo três garotos da aula de ciências. — Beijo, Caso ou Mato? Você primeiro, KitKat Chunky.

Entrei em pânico de novo.

— Ahn... hum... é...

— Vai logo — disse Amber. — Não é tão difícil. Tá bem. Vou primeiro. Beijo Bradley, caso com Leo e mato Daniel!

— Beijo Leo, caso com Bradley e mato Daniel! — respondeu Poppy, confiante.

Engoli em seco, era minha vez agora. Teria sido mais fácil jogar se *Theo estivesse lá. Beijo Theo, caso com Theo e mato qualquer um que não for o Theo...*

Leo e Bradley estavam na mesa atrás de nós. Considerei copiar a resposta das garotas, só para garantir, mas quando olhei para os garotos, ambos estavam cutucando o nariz e comparando as melecas. Sério, dava para ser mais nojento? Como a Amber e a Poppy podiam achar *aquilo* atraente?

Em comparação, Daniel parecia amigável e — acima de tudo — limpo, então eu disse:

— Beijaria Daniel e...

Poppy e Amber começaram a rir antes que eu pudesse terminar.

— Daniel? Sério? — perguntou Poppy.

E então a pior coisa aconteceu:

Ei, pessoal, a Lottie quer beijar o Daniel!

A sala inteira se virou para me olhar.

— Garotas, silêncio ou então todas vão para a detenção! — gritou Sra. Murphy.

Era tão injusto. Poppy e Amber haviam dito quem queriam beijar e eu não anunciei para a sala **TODA**! Como elas podiam fazer isso comigo?

Meu rosto ficou vermelho e fiquei com a cabeça abaixada, fingindo ler meu livro, até que as risadas parassem.

Depois da aula, quando estávamos guardando nossas coisas, Amber disse:

— Desculpa, Lottie. Não quis gritar. É que foi um choque, só isso. Quer dizer, Daniel? Ele é tão nerd!

Eu sabia que erraria. Era exatamente por isso que eu não queria jogar.

— Tudo bem — respondi, tentando parecer de boas com isso.

Porém, o mais curioso foi que, quando estávamos saindo da sala, Daniel me disse tchau.

Até mais, Lottie!

— Acho que ele gosta de você de verdade! — disse Poppy, rindo.
— Sim, é melhor você esclarecer isso antes que ele crie esperanças! — acrescentou Amber.

Ai, não. O que eu fiz?

QUARTA-FEIRA, 15 DE SETEMBRO

(16h12)

Tive aula de teatro hoje.
    Eu tive que fingir ser um pepino.
    Estou com muita vergonha para escrever sobre isso no momento.

(20h43)

Tá bem. Talvez eu esteja pronta para escrever sobre isso. Talvez escrever me ajude a superar. Eu duvido, mas o que eu tenho a perder?
    Em primeiro lugar, a Sra. Lane nos fez sentar em um círculo, então disse:
    — Hoje faremos algumas improvisações. Como exercício de aquecimento, cada um de vocês irá para o meio do círculo e interpretará algo sugerido por outro colega.

SINTO O PAVOR SURGINDO

    — Como ator, você frequentemente enfrentará situações como essa — continuou ela. — É nesse momento que você precisa improvisar! Então, vamos praticar.
    Conforme cada pessoa ia para o centro do círculo, as outras crianças erguiam as mãos e a Sra. Lane escolhia alguém para fazer uma sugestão. Tivemos coisas como zumbi, rato e tempestade. E, de repente, era a minha vez.
    Meu coração começou a bater muito rápido enquanto eu tentava ficar de pé. *Por favor, alguém diga algo fácil!*, rezei em silêncio.
    — Alguém gostaria de sugerir algo para Lottie? — perguntou a Sra. Lane.

Amber ergueu a mão e comecei ter uma sensação ruim de que ela não facilitaria as coisas para mim.

Por favor, não escolha a Amber... qualquer um menos a Amber...

— Amber — escutei a voz da Sra. Lane dizer.

— Eu gostaria de ver a Lottie interpretar um pepino! — disse ela com um grande sorriso no rosto.

Sério? O que um pepino deve fazer? Um pepino é só um pepino.

Então andei até o meio do círculo e só fiquei ali parada com os braços ao lado do corpo, sem fazer nada.

— Vamos lá, Lottie — disse a Sra. Lane. — Use sua imaginação. Como você pode fazer o público saber que você é um pepino?

Senti vontade de chorar porque eu não sabia. Pepinos não **FAZEM** nada. Essa é a questão. Eles só são fatiados para serem servidos em saladas.

Tudo o que eu conseguia pensar em fazer era continuar ali, como meus braços parados, parecendo o máximo possível com um pepino. Então eu disse:

Huum, eu combino com sanduíches

Todos na sala se contorceram de tanto rir — incluindo Theo!

Mas, sério, no que eu estava pensando? *EU COMBINO COM SANDUÍCHES?* Jura?

Coitada de mim.

OBS.: Escrever não ajudou.

QUINTA-FEIRA, 16 DE SETEMBRO

KitKat Chunky não existe mais. Agora todos estão adorando me chamar de Garota Pepino — incluindo Theo. Ele gritou isso no corredor hoje de manhã.

Jess me garantiu que ele gritou de uma maneira carinhosa.

— Veja pelo lado bom — acrescentou ela. — Pelo menos ele sabe quem você é agora.

Não posso dizer que estou totalmente convencida.

> PENSAMENTO DO DIA:
> É melhor que o garoto de quem você gosta:
> Não saiba de sua existência; ou
> Lembre-se de pepinos toda vez que a vir?
> Mande as respostas em um cartão-postal, por favor.

SEXTA-FEIRA, 17 DE SETEMBRO

Acordei e decidi mandar mensagem para Molly pedindo conselhos.

> **EU:** O que você faz quando todo mundo pensa que você é um pepino?

> **MOLLY:** Não sei. O que você faz quando todo mundo pensa que você é um pepino?

> **EU:** O quê?

> **MOLLY:** Não entendi?!

> **EU:** Entendeu o quê?

> **MOLLY:** A piada!

> **EU:** Eu não tirei isso do meu livro de piadas, Molly! ESSA É MINHA VIDA REAL!! 😬

Depois, desci para tomar café da manhã e, por algum motivo estúpido, contei ao papai sobre meu novo apelido.

QUE ERRO.

Adivinha o que ele fez para o meu almoço? Sim, isso mesmo. Sanduíches de pepino.

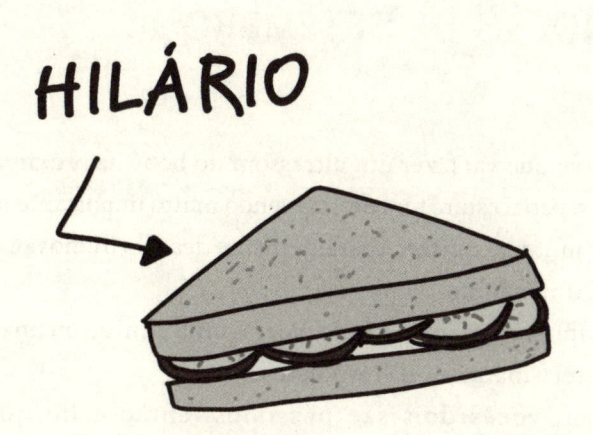

HILÁRIO

SÁBADO, 18 DE SETEMBRO

Mamãe disse que vai fazer um ultrassom do bebê na próxima semana e que, já que o papai estará fora de casa sendo muito importante no trabalho, eu posso ir junto, se quiser. Aparentemente descobriremos se vai ser uma menina ou um menino.

Não tenho certeza do que seria pior — uma mini eu ou um mini Toby!
Perguntei a mamãe e ela respondeu:
— Bom, vocês dois são péssimos, então acho que não faz muita diferença!
Encantador.

SEGUNDA-FEIRA, 20 DE SETEMBRO

Lindo Theo passou por mim no corredor hoje e disse:
— Oi, Garota Pepino. Como estão as coisas?
Fiquei um pouco nervosa e respondi:
— Ahn... tudo tranquilo.
Ele riu.
— Tranquilo como um pepino! Gostei. Você é engraçada, Garota Pepino.
— Obrigada — eu disse, embora eu só fosse engraçada por acidente.
Amber viu toda a situação e pareceu impressionada.
— Não acredito que ele falou com você — disse ela mais tarde.
Devo admitir: eu também não.

TERÇA-FEIRA, 21 DE SETEMBRO

Tenho aula de teatro amanhã. O que vão me obrigar a fazer dessa vez? Interpretar a cena da sacada de Romeu e Julieta enquanto finjo ser uma berinjela?

Romeu, oh, Romeu, onde estás Romeu?

QUARTA-FEIRA, 22 DE SETEMBRO

A aula foi de boas. Trabalhamos em como expressões faciais podem transmitir emoções, e eu não tive que fingir ser um produto agrícola. Obrigada aos céus por isso.

    Theo sorriu para mim. Acho. Ou talvez o sol o estivesse cegando. Eu vou fingir que ele sorriu.

QUINTA-FEIRA, 23 DE SETEMBRO

Fui com a mamãe fazer o ultrassom hoje. Foi **INCRÍVEL**!

Sei que não fiquei muito feliz com a notícia do bebê, mas posso ter sido um *pouco* egoísta.

Você já viu um bebê dentro da barriga de alguém na tela? Você consegue ver seus bracinhos e perninhas e tudo mais. É uma loucura!

E foi tão estranho porque, até eu ver o bebezinho se mexendo ali, eu não o tinha realmente imaginado como uma pessoa de verdade, real e viva, que faria parte da nossa família. De repente, fiquei superempolgada para conhecê-lo.

A moça que fazia o exame tirou várias medidas e disse que o bebê parecia muito saudável. Depois, perguntou:

— Vocês gostariam de saber o sexo?

Mamãe olhou para mim.

— O que você acha, Lottie? Devemos descobrir?

Foi muito legal da parte dela ter me perguntado, então, respondi:

— Sim, acho que devemos.

A moça virou-se para mim.

— Bom, nunca podemos ter cem por cento de certeza, mas parece que você vai ter uma irmãzinha.

Uma irmãzinha… vou ter uma irmãzinha! É muito melhor do que outro irmãozinho fedorento. Bom, espero que sim… talvez eu possa passar para ela minha coleção da Família Sylvanian para ela guardar como herança! Nem passaria pela minha cabeça entregá-la para Toby. Ele provavelmente massacraria toda a família Fofinha com seus bonecos de soldado.

Mamãe pareceu bem contente com a notícia também, embora não estivesse tão interessada na minha nova sugestão de nome.

> Ah, vamos chamá-la de Davina!

SÁBADO, 25 DE SETEMBRO

(12h35)

Estava entediada (como sempre), então fui olhar as redes sociais do Theo (como sempre). De repente, uma estranha onda de confiança surgiu do nada e fez meu dedo apertar o botão de seguir!

(12h37)

POR QUE EU FIZ ISSO?! POR QUÊ? POR QUÊ? POR QUÊ?

Ele provavelmente está rindo de mim. Provavelmente está dizendo aos seus amigos:

— Nossa, aquela Garota Pepino estranha me seguiu nas redes sociais. Por que ela não arruma o que fazer?

(15h12)

Nunca mais vou voltar para a escola. Isso foi a pior coisa que já me aconteceu. **NA VIDA.** Preciso sumir. Queria ser uma tartaruga.

(17h36)

Quase não consigo escrever isso, estou hiperventilando demais. **ELE ACEITOU MEU PEDIDO PARA SEGUI-LO!**

(17h37)

ELE PEDIU PARA ME SEGUIR DE VOLTA!!!!!!!!

17h43

ACEITEI SEU PEDIDO!
 Esperei seis minutos para não parecer tão desesperada.
 #ORGULHO

17h49

ELE CURTIU UMA DAS MINHAS FOTOS!!!!!!!!!
 Tipo, é uma foto minha brincando de quantos cabem, com catorze marshmallows enfiados na boca, então eu não estava exatamente no meu ponto alto, mas ainda assim!

4 curtidas
Novo recorde: 14!!!

22h24

Tenho que ir dormir. Passei quatro horas olhando as fotos do Theo. Alguns podem questionar se é tempo demais, mas eu diria que foi um tempo bem gasto. Agora sei tudo sobre ele, de quanto ele calça (35) à marca da pasta de dente que usa (Colgate Tripla Ação Menta Original).

DOMINGO, 26 DE SETEMBRO

Uma reviravolta.

Papai estava lendo o jornal de domingo e se deparou com uma matéria chamada "Garantindo que Seus Filhos Permaneçam Seguros On-line", que lhe informou que a idade mínima para uma conta nas redes sociais é 13 anos! *Buuuu* para os jornais e seu compartilhamento de informações!

Ele foi discutir com a mamãe e agora os dois estão em pânico, dizendo que precisam ver meu celular para deletar todos os "aplicativos inadequados"!

Defendi meu caso da melhor maneira que pude. Usei a tática da piedade. Garanti a eles que minhas redes são fechadas e que eu só as utilizava para compartilhar fotos com alguns amigos próximos — incluindo Molly, minha melhor amiga, que tinha sido tirada à força da minha vida.

Eles disseram que "iriam pensar sobre isso".

Agora estou deitada me sentindo extremamente estressada.

PENSAMENTO DO DIA:

O que é a vida sem as redes sociais?

SEGUNDA-FEIRA, 27 DE SETEMBRO

Graças aos céus! Meus pais concordaram que eu podia manter minhas redes sociais, contanto que possam fazer verificações pontuais no meu celular para assegurar que não estou aprontando nada.

Eu quero saber o que eles pensam que eu faria. A coisa mais empolgante que fiz nas últimas semanas foi reorganizar meus livros na ordem das cores do arco-íris.

Depois do jantar, mamãe quis que eu mostrasse a ela meus seguidores. Infelizmente, isso significava explicar quem era o Theo, o que foi... interessante.

Quem é esse Theo, Lottie?

Ninguém! Apenas um menino da minha aula de teatro.

→

— Bom, talvez você devesse convidar esse Theo para jantar aqui, assim posso conhecê-lo.

— LOTTIE TEM UM NAMORADO!

TERÇA-FEIRA, 28 DE SETEMBRO

Jess me convidou para ir a sua casa depois da escola. Eu mandei mensagem para mamãe e ela disse que tudo bem. Jess vive a alguns quarteirões de distância, então é supertranquilo, quase como se fosse obra do destino.

Os pais da Jess são divorciados, então ela mora com sua mãe e sua irmãzinha, Florence, que tem dois anos e meio. A casa delas se parece muito com a nossa, mas em vez de ser toda cinza e branca, cada quarto é de uma cor bem colorida. Isso faz você se sentir feliz só de estar lá.

Quando a mãe de Jess abriu a porta, disse:

— Oi, Lottie. Sou Roxanne. Entre, entre! Qualquer amiga de Jess é minha amiga!

Ela me deu um sorriso enorme como Jess tinha feito no dia que me convidou para almoçar com ela.

Florence nos seguiu o tempo todo. Acho que ela é a criança mais fofa que já conheci. Ela ainda não fala muito, mas adora abraços — ficava dizendo:

— Ottie, baços! — sempre que queria que eu a pegasse no colo. Isso fez com que eu me sentisse muito melhor em relação a ter uma irmãzinha. Talvez fique tudo bem no final das contas?

Mas coloquei um limite em certas coisas.

Quando chegou a hora do jantar, Roxanne nos chamou lá de baixo. Tudo tinha um cheiro incrível, mas eu nunca tinha experimentado comida jamaicana antes, então comecei a entrar em pânico. O que eu faria se não gostasse?! Elas pensariam que eu era muito grossa?

Roxanne encheu meu prato com frango temperado, essa coisa chamada "fruta-pão frita" (uma espécie de jaca) da qual eu nunca tinha ouvido falar, e arroz e ervilhas.

— Espero que você esteja com fome, Lottie! — disse ela, rindo.

Acho que eu parecia um pouco nervosa, já que Jess disse:

— Não se preocupe. Minha mãe cozinha muito bem.

Por sorte, Jess não estava errada. Tudo estava delicioso. Na verdade, estava tão bom que eu fiz algo que nunca tinha feito antes e comi outra vez.

Eu realmente pedindo para repetir?!

Porém, não vou contar para mamãe, pois não quero que ela comece a ter ideias sobre cozinhar coisas novas e sofisticadas para mim em casa. É muito mais seguro para todos quando comemos coisas beges tiradas do freezer.

#NUGGETSATÉMORRER

SÁBADO, 2 DE OUTUBRO

Hoje, eu e a Jess saímos para comprar roupas para a festa de outono. Embora seja só no mês que vem, eu precisava de bastante tempo para planejar um look que me faria parecer irresistivelmente legal (ou pelo menos um pouco legal). Quer dizer, esse é o *ponto alto* da minha agenda social (ou, para ser honesta, a única coisa na minha agenda).

Encontrei Jess no ônibus. Era ótimo ir fazer compras com uma amiga de verdade em vez de ir com minha mãe. Especialmente quando minha mãe tinha me dado 70 reais para gastar — **BOA**!

Jess e eu queríamos fazer nosso dinheiro render o máximo possível, e foi isso o que compramos:

* **Eu**: Regata prateada brilhante (para usar com minha saia jeans), hidratante labial de cereja, spray corporal, esmalte cintilante, um pacote de salgadinho e uma lata de refrigerante de laranja.

* **Jess**: um macacão com tema havaiano, rímel transparente, esmalte rosa-choque, chiclete, um pacote de salgadinho e uma lata de refrigerante de coca.

Estávamos prestes a voltar para a casa da Jess para provar nossas roupas de novo quando demos de cara com Amber e Poppy, de todas as pessoas que poderíamos encontrar.

— Ah, veja, é a Garota Pepino! — disse Amber, colocando suas sacolas de compras ao nosso lado.

— O que vocês estão fazendo? — perguntou Poppy.

— Estávamos comprando nossos looks para a festa — respondi.

— Nós também! Estávamos indo para o Starbucks agora, querem ir com a gente?

Starbucks! Por que todo mundo estava tomando café hoje em dia, menos eu?! Só recentemente consegui mudar do suco de maçã para o refrigerante. Talvez, assim como em todo o resto das coisas da vida, eu tenha me desenvolvido tarde no que diz respeito a bebidas.

— Foi mal, não podemos. Estávamos voltando para casa — disse Jess.

— Ah, que pena. Ok, tanto faz — disse Poppy, virando-se para ir embora.

Eu tinha que agir rápido!

— Na verdade... acho que temos tempo — disse um pouco nervosa.

— Legal, então vamos! — disse Amber.

Jess me olhou como se dissesse *Por que você quer tomar café com essas pessoas?!* Não sei se ela gosta muito da Amber e da Poppy, mas acho que ela provavelmente não entende como é ser ridicularizada. Preciso ter certeza de que isso não aconteça de novo.

— Pode ser divertido — sussurrei para ela enquanto andávamos, e ela pareceu relaxar um pouco.

Eu e minhas três amigas sendo normais a caminho do Starbucks!

Quando chegamos ao Starbucks, eu não tinha ideia do que pedir. Por sorte, Amber e Poppy pediram primeiro, e elas pareciam saber o que faziam. Amber pediu um *Frappuccino mocha* de chocolate branco com creme em dobro e calda de menta, e Poppy pediu um *Frappuccino* duplo com gotas de chocolate, calda de manga e *crumble* de cookies.

Quando chegou minha vez, olhei para o menu de boca aberta.

— Posso ajudar, senhorita? — perguntou o atendente.

— Sim... — eu respondi. — Eu vou querer o... frapa-tipo-hino de morango... por favor.

Ele pareceu muito confuso.

— Você quis dizer o *frappuccino* de morango e creme?

— Sim! — respondeu Jess, rindo. — Sim, exatamente o que ela quis dizer.

Jess acabou não conseguindo fazer seu próprio pedido porque o frapa-tipo-hino de morango custava R$ 3,70 e tivemos que juntar as nossas moedas que sobraram para conseguir pagá-lo. Sério, como assim?! É cerca de setenta e cinco por cento da minha mesada semanal!

Quando nos sentamos com nossas bebidas, Amber disse:

— A gente vem aqui sempre, não é, Poppy?

— Sim — respondeu Poppy. — É nosso lugar favorito.

— Eu, ahn, sim... é um dos meus favoritos também — menti, imaginando se elas poderiam perceber que eu era, na verdade, uma novata de Starbucks.

Em seguida, tomei um pouco do meu (quer dizer, nosso) Frappuccino, e nossa, era tipo... **UAU!**

O paraíso dentro de um copo!

Eu meio que entendi por que era tão caro. Mas, ainda assim, você consegue comprar um x-burguer por metade do preço!

— Então — disse Amber —, vocês conhecem o Theo, né?

— Não muito — eu respondi. — Quer dizer, eu sei quem é!

— Ele é maravilhoso, não é? — perguntou Amber. — Vocês já viram os olhos dele?

— Sim, nós vimos que ele tem olhos — respondeu Jess, sarcasticamente.

— Ele é o garoto mais gato da escola, vocês não acham? — perguntou Poppy.

— Talvez... — respondi tentando parecer tranquila.

— Amber vai convidá-lo para dançar na festa de outono! — comentou Poppy. — Eles não formariam um casal muito fofo?

— Realmente... — respondi.

Embora eu estivesse com um pouco de ciúmes, também podia ver que Theo e Amber formariam um lindo casal.

Mais tarde, quando Jess e eu voltamos para sua casa, fomos para a cozinha e ela nos serviu dois copos grandes de suco de maçã.

— Você liga que a Amber goste do Theo também? — perguntou ela, como se estivesse lendo minha mente.

— Não sei... é um pouco estranho — respondi. — Mas ele nunca se interessaria por mim de qualquer forma, então acho que isso não importa...

— Por que ele não se interessaria por você?

— Ora, você já olhou para mim?

— Sim! Eu olho e acho você incrível!

— Obrigada. — Eu sorri. — Mas não sou incrível como a Amber, sou?

— Não. Você é incrível como Lottie, e isso é ainda melhor. Ah, e para sua informação, a Amber não é *tão* incrível assim.

Logo em seguida, Roxanne entrou na cozinha. Ela começou a preparar sanduíches para nós, o que foi ótimo porque eu estava faminta depois de tantas compras.

— Posso ver o que vocês compraram? — perguntou ela.

— Claro — respondi. Mas, enquanto estávamos conversando, Florence tinha se esgueirado e desempacotado nossas compras por nós, e estava bem naquele momento fazendo xixi sobre minha regata **NOVINHA**!

— Ah, não! Eu sinto muito, Lottie — disse Roxanne. — Estamos ensinando-a a usar o penico no momento e, como você pode ter notado, ela é um pouco imprevisível. Mas não se preocupe. Vou colocar na máquina de lavar para você.

Jess ficou ali tentando (sem sucesso) não rir da minha cara horrorizada.

O pior de tudo é que Florence ainda esperava receber um bombom como recompensa por ter feito xixi!

Acho que há algumas desvantagens em ter irmãzinhas também.

DOMINGO, 3 DE OUTUBRO

(7h46)

Acordei de mau humor porque estava tendo um sonho ótimo quando fui rudemente acordada pelo meu irmãozinho irritante que dava tapinhas na minha testa e cantava:

— LOTTIE, LOTTIE, TEM CHEIRO DE ESGOTO, CABELO COM PIOLHO E BAFO DE REPOLHO!

Foi um daqueles sonhos que você realmente gosta e era sobre um mundo onde Frappuccinos de morango cresciam em árvores. Eles eram de graça, então você podia tomar quantos quisesse **O DIA TODO, TODOS OS DIAS!** Era incrível.

(15h43)

Minha nossa! Minha nossa! MINHA NOSSA!!!!! Adivinha?!?!?!?! Recebi uma mensagem.

> **AMBER:** Ei, Garota Pepino*.
> Você quer almoçar com a gente amanhã?

> **EU:** Eu adoraria!

> **AMBER:** Legal. Encontra comigo e com a Poppy na quadra de Educação Física. Normalmente nos sentamos na grama atrás dela porque é mais reservado. Não queremos que qualquer um se junte a nós!

> **EU:** Vejo vcs lá! Mal posso esperar. bjos

Estava totalmente chocada! Estavam ME convidando para ficar com ELAS? Eu tinha meio que imaginado que o lance do Starbucks tinha sido só uma coisa aleatória. Será que elas realmente querem ser minhas amigas?

*Sim, ninguém se cansou disso ainda.

(15h52)

Acabei de pensar na Jess. Temos almoçado juntas todos os dias, e a Amber não falou sobre ela no convite...
MINHA NOSSA, EU SOU PÉSSIMA!
O QUE EU FIZ??

Há apenas algumas semanas eu estava preocupada porque não tinha nenhuma amiga e agora quase parece que tenho amigas demais. AAFFF! Eu sou tão idiota!

16h21

Decidi mandar uma mensagem para a Amber.

> **EU:** Oi, Amber. Ansiosa para o almoço de amanhã! Você se importaria se eu levasse a Jess? L. Bjos

> **AMBER:** Claro, sem problemas, amiga! A. Bjos

> **EU:** Obrigada, amiga. Bjos

GRAÇAS AOS CÉUS!
Depois, mandei mensagem para a Jess.

> **EU:** Você nunca vai adivinhar!!!

> **JESS:** O quê?!?!

> **EU:** Amber nos convidou para almoçar com ela e a Poppy amanhã! 😁

Não tive resposta por alguns minutos, então tudo o que recebi foi essa mensagem curta:

> **JESS:** Ah. Legal.

> **EU:** Tem algum problema? Você não parece muito feliz com isso.

JESS: É que, às vezes, eu acho que elas parecem muito convencidas.

EU: Jura? Por quê?

JESS: No começo do semestre, elas basicamente me ignoraram quando eu disse oi, e então eu as ouvi dizendo que meu cabelo parecia de criança. E você não lembra de como elas riram por causa do seu sutiã? E da Mia por ter pelos nas pernas? Às vezes elas parecem um pouco... não sei... maldosas.

EU: Tenho certeza de que só estavam tentando ser engraçadas! Ah, qual é, Jess! Seria TÃO bom ser amiga delas. Quer dizer, de todas as pessoas que elas poderiam ter convidado para almoçar[*], elas nos escolheram!!

JESS: Tá bem. Se você acha que vai ser divertido, vamos lá! Bjos.

EU: UHUL! Bjos.

Fiquei tão feliz que a Jess mudou de ideia.

Amber e Poppy são as garotas mais legais do sétimo ano. Ninguém vai rir de mim se souberem que somos amigas!

[*] *Não contei a ela que, na verdade, ela não tinha sido convidada no início, óbvio.*

SEGUNDA-FEIRA, 4 DE OUTUBRO

Hoje foi o **DIA DO ALMOÇO** e foi perfeito.

Compartilhamos nossos salgadinhos e conversamos sobre os nossos favoritos.

* **MEU**: Cebolitos;
* **DA JESS**: Doritos;
* **DA AMBER**: Baconzitos;
* **DA POPPY**: Ruffles.

Sei que pode parecer chato para algumas pessoas, mas falar sobre salgadinhos é, literalmente, um dos meus assuntos favoritos. Se eu estivesse em um programa de perguntas na TV, salgadinhos seriam a minha especialidade.

Outro assunto interessante foi que Poppy tem um namorado! Tom a pediu em namoro no intervalo, então eles estão juntos há duas horas.

— Como é sair com alguém? — eu perguntei.

— Bom, a gente não *vai* de verdade para nenhum lugar — respondeu Poppy. — Você meio que diz que estão saindo e conta para as pessoas que tem um namorado ou namorada, mas, na maior parte do tempo, vocês só se ignoram.

Isso me pareceu sem sentido, então eu apenas sorri e disse:

— Uau — tentando parecer impressionada.

— Sim, tipo, é ok. Mas não tenho certeza do que sinto por ele ainda. Ainda estou superando meu último namorado, Seb... Com ele foi bem sério.

— Por quanto tempo você ficou com o Seb? — perguntou Jess.

— Um dia e meio — respondeu Poppy com tristeza. — Até chegamos na etapa de dar as mãos e tal, mas então ele me trocou por uma garota chamada Lucy, porque ela lhe deu um alfajor.

— Sinto muito, Poppy. Isso foi terrível — eu disse. Sério, alfajores não estão nem entre os meus cinco doces favoritos!

— Ele que perdeu! — disse Amber. — Qualquer garoto que dê mais valor a um alfajor do que a sua namorada não vale o seu tempo.

Caramba, essa garota é TÃO sábia!

Antes de voltarmos para a sala, eu e Amber decidimos trocar nossos estojos, já que ela estava ficando enjoada do seu em formato de cachorro-quente e eu estava enjoada do meu com formato de fatia de melancia. Parecia que estávamos cimentando nossa amizade. Se estojos fossem cimento... ou algo assim.

A boa notícia é que até mesmo Jess parecia estar gostando da ideia de andarmos juntas. Amber e Poppy ficam muito mais de boas quando estamos só nós quatro.

QUARTA-FEIRA, 6 DE OUTUBRO

Hoje no almoço, Amber disse:

— Se vamos nos tornar um grupo de verdade, então precisamos muito de um nome de grupo adequado!

— Que ideia genial! — eu disse.

— Obrigada — agradeceu ela. Então, pigarreou e disse:

Que tal... As Rainhas do Sétimo Verde!

— Uoooooou — dissemos todas em uníssono. (Embora eu imagine que ela tenha pensado em um nome tão legal ali na hora.)

— Eu amei — disse Poppy, batendo palmas.

— Eu também — disse Jess.

— Venham, vamos tirar nossa primeira foto oficial — eu comentei, sorrindo e pegando meu celular.

A selfie ficou muito boa, então marquei todas e postei nas minhas redes sociais. Foi a minha foto mais curtida de todos os tempos!

37 curtidas
As Rainhas do Sétimo Verde
#ARdSV #GirlGang #AmigasParaSempre

De repente, parecia que tudo estava se encaixando e que talvez O PLANO estivesse funcionando no final das contas. Apenas algumas semanas atrás, eu me sentia totalmente sozinha, e agora eu fazia parte das Rainhas do Sétimo Verde e nós íamos **DOMINAR A ESCOLA!***

Pensamento do dia: Se você abreviar o nome do nosso grupo para ARdSV, fica muito difícil de pronunciar. Vamos, tente — na verdade, parece que você está espirrando.

(**18h34**)

BOAS NOTÍCIAS: As Rainhas do Sétimo Verde agora tem um grupo de WhatsApp!

Infelizmente, nossa primeira conversa foi um pouco melancólica. (Aprendi essa palavra na aula de hoje. Basicamente significa supertriste.)

POPPY: Terminou o meu namoro com o Tom. 😢

EU: Ah, não. O que aconteceu?!

*Ou então só chegar até o final do ano sem implicarem comigo ou sem fazermos papel de idiotas. Para mim isso já serviria...

POPPY: Estou muito devastada para falar sobre isso agora. Conto para vocês amanhã no almoço.

AMBER: Bom, seja lá o que aconteceu, ele é um completo idiota!

EU: O maior idiota da Idiotolândia.

JESS: O maior idiota de todo o idiotaverso idiota!

AMBER: Além disso, ele tem unhas sujas.

EU: Vocês sabem o que dizem: um idiota de unhas sujas é o pior tipo de idiota!

POPPY: Quem diz isso?!

EU: Ahn, não tenho certeza... eu?!

QUINTA-FEIRA, 7 DE OUTUBRO

(16h06)

Parece que Kacey do Sétimo Ano Azul chamou Tom para sair, e ele disse sim. Aparentemente ele tinha *esquecido* que estava saindo com Poppy.

Perguntei se havia alguma sobremesa envolvida no rompimento, mas, neste caso, um pedaço de chiclete era o culpado. Quer dizer, imagine ser descartada por causa de um pedaço de chiclete. A pobre garota estava abalada.

Não acredito que ele me largou por um pedaço de chiclete!

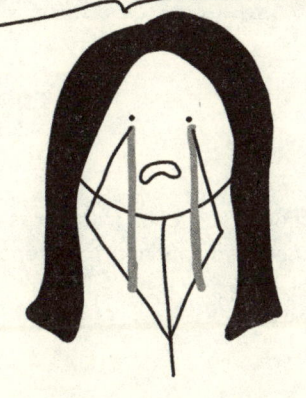

Para ser honesta, era um chiclete de canela, que é o melhor, mas ainda assim...

(22h10)

Estava prestes a dormir quando recebi uma mensagem no WhatsApp.

MOLLY: Ei, você. Mandei mensagem ontem e você nunca respondeu!

EU: Aaaah, foi mal, best. Não vi a notificação. Devia estar falando com ARdSV.

MOLLY: Com quem?

EU: As Rainhas do Sétimo Verde. Temos um novo nome de grupo! Você gostou?

MOLLY: *Digitando...*

MOLLY: Ah, sim, eu vi uma foto nas redes sociais de todas vocês. Elas parecem divertidas.

EU: São MUITO divertidas!

MOLLY: Legal. Bom, fico feliz que você tenha feito novas amigas. Enfim, tenho que vazar. Já é bem cedo por aqui e vou encontrar Isla para correr antes da aula!

EU: Correr?!

MOLLY: Sim, Isla faz atletismo em uma equipe profissional e tudo. Vou tentar entrar nela também.

EU: Mas você odeia correr!

MOLLY: Acho que é diferente aqui porque, por alguma razão, eu estou amando! Tchau. Bjos.

EU: Tchau. Bjos.

Estou me sentindo muito incomodada agora. As coisas estão meio estranhas entre mim e Molly esses dias. Ela parece estar passando todo seu tempo com essa garota Isla... e agora começou a correr?! Costumávamos fazer vídeos bobos para as redes sociais ou ficar no sofá comendo salgadinhos e conversando. É como se estivéssemos vivendo vidas completamente diferentes. Às vezes eu sinto muita falta dos velhos tempos.

SEXTA-FEIRA, 8 DE OUTUBRO

Amber sugeriu que agora que somos um grupo oficial, deveríamos ter encontros regulares. Eu me voluntariei para fazer a primeira reunião em casa, e concordamos em nos encontrar amanhã de manhã às 11h. Uhuuullll! Todas vão trazer seus looks da festa de outono para fazermos um minidesfile de moda.

    É tão empolgante ter MEUS PRÓPRIOS planos para sábado, planos que não envolvem outra ida ao mercado ou churrasco com meus pais.

SÁBADO, 9 DE OUTUBRO

(10h11)

ANSIOSA! Passei a última hora decidindo qual combinação de petiscos é a melhor em questão de sabor, diversão e um pouco de sofisticação. No final, optei por bolinhos, uma tigela de minimarshmallows e um pouco dos cookies amanteigados com o dobro de pedaços de chocolate da mamãe (Ela vai me matar se descobrir, então xiiiiiu, não conte a ela!)

(15h34)

Amber e Poppy chegaram primeiro, e eu as apresentei à minha mãe. Por sorte, papai não estava lá para me envergonhar também, já que tinha levado Toby na aula de natação.

— Oi, senhora Brooks — disse Amber, olhando de uma maneira estranha para a barriga cada vez maior da minha mãe.

— Não se preocupem, meninas. Não comi uma tigela de cereal. Tem um bebê aqui dentro — brincou mamãe.

— Ah. Ahn... estranho — disse Poppy.

Mamãe lhe lançou um olhar esquisito.

Quando Jess chegou, fomos para o meu quarto. Amber fechou a porta rapidamente e se apoiou nela.

— Minha. Nossa — começou ela. — Não acredito que sua mãe está grávida!

— Sim, eu sei — respondi.

— Isso significa — disse Poppy, parecendo realmente chocada —, que seus pais devem estar...

— Sim, eu sei — eu disse.

— Quantos anos a sua mãe tem? Tipo, 42? Ela é muuuuuuuuuito velha! — disse Amber.

Por que todo mundo fica falando o óbvio? Eu sei de tudo isso.

— Ela tem 41, mas tanto faz — respondi. — Quem quer conhecer meus hamsters?

Eu estava muito a fim de mudar de assunto...

Tirei Professor e Bola de Pelo, o terceiro, de sua gaiola e os entreguei a Poppy.

— Ah, caramba! — ela gritou. — Eles são tãããããão fofos!

Ela e Jess ficaram passando os hamsters uma para a outra, deixando-os correr por suas mãos e braços.

Amber parecia um pouco entediada.

— Eu não entendo muito os hamsters — disse ela. — Eles parecem meio burros. Quer dizer, não fazem muita coisa.

BURROS?! O que ela estava pensando? Meus hamsters são mais inteligentes do que muitos humanos que eu conheço! Bom, mais do que o Toby, pelo menos.

— Eles não são burros — eu disse o mais calmamente possível. — Na verdade, são bem espertos para seu tamanho.

— Jura? — perguntou Amber. — Tudo o que eles fazem é correr numa roda por horas a fio! Parecem bem burros para mim.

— Talvez seja hora de começar nossa reunião de grupo — disse Jess.

Eu peguei os hamsters e os coloquei de volta na gaiola, dando-lhes um olhar do tipo "sinto muito por isso".

— Vou pegar alguns rolinhos de papel higiênico para vocês mastigarem mais tarde para me desculpar por isso — sussurrei para eles.

O primeiro item da nossa agenda de reuniões era a quedinha crescente de Amber pelo Lindo Theo. (Se estou sendo totalmente honesta, ainda tenho uma queda por Lindo Theo também, mas a regra implícita é que Amber oficialmente o viu primeiro.)

— Gente, eu **PRECISO** dançar com o Theo na festa de outono — disse Amber. — Então precisamos de um plano!

— Bom, o que sabemos sobre o Theo? — perguntou Poppy.

— Ahn… ele é bonito, gosta de futebol e é um garoto — respondeu Jess prestativamente.

Ou seja, não muito.

— Você o conhece melhor que a gente — disse Amber olhando para mim. — Talvez possa me ajudar com ele?

— Eu não o conheço de verdade — respondi. — Ele só acha que eu sou um recheio de sanduíches.

— Bom, já é melhor do que nada — comentou ela.

Verdade.

— Então, você vai me ajudar?

— Acho que sim…

Amber bateu palmas, como se essa fosse a melhor ideia da história do mundo.

— Minha nossa, você é uma amiga incrível. Muuuuito obrigada por fazer isso por mim!

— Claro! — respondi, tentando engolir o sentimento de pânico que crescia em meu peito. — Mal posso esperar!

Sério, como eu poderia dizer não?

— Você gosta de alguém, Jess? — perguntou Poppy.

— Nem — respondeu Jess com toda naturalidade. — Não estou interessada em garotos por agora. Onze anos é muito cedo para ficar sério com alguém.

Amber franziu a testa para ela, mas é impossível não amar a Jess. Ela sempre diz as coisas com sinceridade e nunca tenta impressionar ninguém.

— E você, Poppy? — perguntei. — Quer dançar com alguém na festa?

— Não. Ainda estou superando o Tom, então acho que preciso aproveitar a vida de solteira por um tempo — respondeu Poppy. — Mas sabe quem eu acho que pode ter uma quedinha por você, Lottie?

Eu? Ninguém nunca teve uma quedinha por mim antes!

— Luis! — disse ela.

— Ah, não! Eca — eu disse.

— O que tem de errado com o Luis? — perguntou Amber. — Eu acho ele bem legal!

— Bom, para começar, ele tem as unhas mais sujas que já vi na vida. E vocês notaram como ele sempre cheira a nuggets de frango e waffles de batata?

— É verdade! — gritou Jess. — Nunca pensei nisso, mas agora que você disse, é exatamente esse o cheiro dele!

Todas deram risada, e fiquei muito orgulhosa de mim mesma por dizer algo engraçado.

Em seguida, decidimos experimentar nossos looks da festa. Eu já tinha visto o da Jess, mas as outras meninas estavam incríveis nos delas. Amber usava um vestidinho preto superchique e Poppy vestia um macacão rosa-choque. Elas pareciam bem mais velhas do que são — eu diria que tinham, pelo menos, treze anos e pouco.

Mamãe gritou lá de baixo:

— Posso entrar e ver como vocês estão?

Eu respondi:

— Não! É uma festa particular!

O único problema com minha roupa era que a regata estava muito apertada. Embora eu realmente a adorasse, ele fazia meu peito parecer mais achatado do que nunca.

— Tente colocar meias em seu sutiã — disse Poppy.

— Vocês acham que as pessoas poderiam notar? — perguntei.

— Não sei. Experimente! — disse Amber.

Então eu coloquei e admito que ficou muito bom (no máximo, um pouco irregular.)

Infelizmente, bem nessa hora Toby decidiu entrar no quarto.

CALA A BOCA!!!

Mamãe! Mamãe! Lottie está colocando meias no SUTIÃ!!

Estou pensando seriamente em vender o meu irmão na internet.

Na verdade, esquece isso. Eu teria que colocá-lo para doação. Duvido que alguém realmente pagaria algo por ele.

18h43

Todo mundo já foi embora, mas, no geral, acho que foi uma ótima primeira reunião. Apesar do fato de que agora é minha responsabilidade juntar Amber com seu verdadeiro amor, Theo. Só tem dois problemas com isso:

1. Na verdade, eu também gosto do Theo e não consigo não sentir ciúmes;

2. Eu tenho as habilidades sociais de um nabo. Como a Amber espera que eu seja capaz de ajudar?

COMO VOCÊ SE ATREVE?

DOMINGO, 10 DE OUTUBRO

8h14

Mamãe está um pouco irritada.

Peguei alguns rolinhos de papel higiênico para os hamsters mastigarem como eu prometi (não posso não cumprir promessas), mas mamãe acha que, se não houver rolinhos usados no lixo reciclável, então eu não deveria desenrolar novos só para pegar o tubo. Aparentemente é um grande desperdício e eu devia pensar mais no meio-ambiente.

LOTTIE!

Oops, foi mal!

10h23

Ah, não. Agora ela está supermegairritada. Ops.

"Meus cookies também?"

"Desculpa, mãe, eu te amo."

PENSAMENTO DO DIA:
Talvez não seja inteligente roubar cookies de chocolate de uma mulher grávida que já tinha aberto mão do vinho...

TERÇA-FEIRA, 12 DE OUTUBRO

Meu aniversário é daqui algumas semanas e mamãe acabou de me perguntar o que eu queria fazer. Eu não estava planejando comemorá-lo, pois não tinha nenhuma amiga, mas tudo isso mudou agora que tenho algumas!

Comecei a pensar em todas as coisas que poderíamos fazer: jogar boliche, patinar, ir ao cinema etc., mas achei que a coisa mais divertida seria uma festa do pijama de aniversário. A Molly já dormiu aqui em casa antes, mas nunca um grupo inteiro de amigas. Podemos pedir pizza, fazer *skincare*, talvez assistir a algum filme de terror e dar boas risadas, como fazem nos filmes.

Passei a maior parte da noite desenhando os convites.

> Você está convidada para...
>
> Festa do pijama da Lottie
>
> zzzz
>
> Totalmente proibido dormir!
>
> Sábado, 6/11, 17h.

O que você achou? Legal, né?
Mal posso esperar para entregá-los para as garotas amanhã. ☺

QUARTA-FEIRA, 13 DE OUTUBRO

Entreguei meus convites para Jess, Amber e Poppy assim que cheguei na sala de aula pela manhã. Jess e Poppy pareceram encantadas, mas Amber torceu o nariz e disse:

— Ah... outra festa do pijama... vou ver se estarei livre.

Fiquei um pouco triste, já que passei horas fazendo aquele convite, mas acho que ela é convidada para festas o tempo todo e realmente não é nada demais. Só espero que ela consiga ir.

DOMINGO, 17 DE OUTUBRO

Acabei de voltar de uma caminhada no parque. Quando chegamos na metade do caminho, Toby disse:
— Aaaah! Preciso fazer cocô!
Mamãe disse:
— Você não consegue segurar até chegarmos em casa?
Ele respondeu:
— Não, não posso! Já está vindo!
O resultado foi que ele teve que se agachar atrás de uma árvore e se limpar com folhas. Papai chamou isso de "cocô selvagem" e disse que um homem das cavernas estaria orgulhoso.

Fui a única a achar que era um pouco grosseiro Toby expor o bumbum em público, o que todos consideraram hilário já que, aparentemente, eu costumava ser bastante exibicionista quando era mais jovem.

Mamãe disse:
— Lottie, quando você tinha três anos, tinha uma tendência a ficar pelada no parque. Você não imagina quantas vezes eu a encontrei completamente nua, só usando um par de galochas rosas, e tinha que persegui-la no parquinho. Eu tenho ótimas fotos que estou guardando para o seu casamento.

Lottie, pelo menos coloque a calcinha!

NÃO!

LEMBRETE: Nunca se case.

QUINTA-FEIRA, 21 DE OUTUBRO

Uma coisa estranha aconteceu hoje: Jess estava me mostrando suas habilidades de fazer embaixadinha na aula de Educação Física e Theo se aproximou e disse:

— Uau, Jess. Você é muito boa!

Então ele a desafiou para uma competição. Ela conseguiu fazer 107, batendo seu próprio recorde. Ele fez apenas 35, então ela o venceu por 79. Pode me chamar de gênio da matemática, hein!

A parte estranha foi quando Amber passou por ali...

Se um olhar pudesse matar...

Ela ficou estranha com a gente pelo resto do dia. Talvez ela esteja achando que a Jess gosta do Theo, ou talvez que o Theo goste da Jess?!

(CORREÇÃO: Na verdade, Jess venceu Theo por 72. Acabei de checar na calculadora. OOps.)

SEXTA-FEIRA, 22 DE OUTUBRO

(16h24)

Não acredito que hoje foi o último dia antes do intervalo de meio de semestre. Eu consegui. Sobrevivi.

AQUI ESTÁ UM PEQUENO RESUMO PARA VOCÊ:

* Número de semanas que sobrevivi no sétimo ano: 7

* Novas amigas: 3

* Número de vezes que fiquei vermelha: 27

* Apelidos: 2

* Crush: 1

Posso ainda não ter seios, mas fiz três amigas, e não só isso. Elas também são bem legais!
O PLANO, na verdade, funcionou, então estou me dando os parabéns. Muito bem para mim!
A outra notícia empolgante é que agora temos um feriado e, ao contrário das férias de verão, eu tenho pessoas com quem sair. Estamos planejando fazer compras, passear no Píer Palace e ficar bastante no Starbucks. **UHUUL!**

(18h37)

Falei cedo demais. Agora há uma enorme pedra no meu caminho.

Papai chegou do trabalho e disse que tinha uma surpresa para todos nós. Naturalmente, fiquei desconfiada, considerando a qualidade das surpresas recentes (ou seja, Davina).

Mamãe perguntou:

— Que surpresa? — de uma maneira pouco impressionada. Parece que ela também estava desconfiada.

Papai disse:

— Vamos viajar!

— UHUL! — gritou Toby.

Fiquei um pouco menos empolgada, ao ver os planos de sair com minhas amigas indo pelo ralo. Mas então pensei que mergulhar nas águas cristalinas de algum canto distante do mundo poderia aliviar o estresse.

— Ah, querido! Isso é maravilhoso! — disse mamãe, dando um abraço no papai. — Para onde vamos? Itália? Grécia? Tailândia?

Papai esfregou as mãos e anunciou com orgulho:

— Estamos indo para um parque de trailers no País de Gales!

COMEÇA UM LONGO SILÊNCIO CONSTRANGEDOR DURANTE O QUAL FICAMOS ALI PARADOS, PARECENDO HORRORIZADOS

A surpresa do papai não foi muito bem recebida no final das contas. Quer dizer, sem ofensas ao País de Gales, mas não é Barbados, né?

A mamãe parece ter sido a que menos gostou. Ela proferiu algumas palavras um tanto fortes que não vou repetir aqui.

(19h11)

No grupo de WhatsApp das Rainhas do Sétimo Verde:

> **AMBER**: Oi, gente! Que tal ir ver um filme no domingo?

EU: Quem me dera. Meu pai marcou uma viagem surpresa para um parque de trailers no País de Gales. ☹

AMBER: Meus sentimentos.

JESS: Que triste!!! Sentiremos sua falta!!!

POPPY: Nãããããããão! Estou arrasada!

EU: Vou sentir muito a falta de vocês. Não se esqueçam de mim. Bjos

JESS: Nunca. Bjos

SÁBADO, 23 DE OUTUBRO

Passei o dia fazendo a mala. Que tédio. Mas achei que o clima em casa tinha melhorado um pouco.
Mas aí papai contou a mamãe que era uma viagem de cinco horas e teríamos que sair às 6 da manhã para evitar engarrafamento.
Agora ela está tentando matá-lo com uma baguete.

Acho que ela tem algumas questões de controle de raiva.
Eu saí do quarto quando ouvi papai dizendo:
— Acalme-se, meu amor! — já que isso NUNCA termina bem.

DOMINGO, 24 DE OUTUBRO

(8h11)

E partimos, embora em um horário mais tarde do que o programado, porque papai perdeu as chaves do carro quando estávamos prestes a sair. Depois de duas horas procurando, elas apareceram no fundo da lata de lixo, dentro de uma antiga lata de atum. Acontece que ele tinha acidentalmente as jogado ali enquanto limpava as coisas do café da manhã.

Ah, rimos demais!

Estou sendo sarcástica, caso você não tenha percebido. Um pouco de suco de lixo nunca matou ninguém, não é?

Então agora estamos na estrada. Mamãe está irritada em silêncio e papai está tentando animar todo mundo falando sobre todos os lugares que poderemos ir e todas as coisas que poderemos ver quando chegarmos ao País de Gales.

Eu perguntei:

— Mas não chove o tempo todo por lá?

Papai respondeu:

— Não, é claro que não chove o tempo todo em Gales! Isso é história para boi dormir!

Eu olhei a previsão do tempo no meu celular: chuva todos os dias. Decidi não contar a ninguém por enquanto, já que não queria piorar ainda mais o clima do carro. Eles vão descobrir por si mesmos em breve.

OBS.: Adivinha como se chama o parque de trailers? Praia Ensolarada. Ah, a ironia.

(18h49)

Chegamos e quem diria? Está chovendo!

Eu adorei a placa no caminho de entrada, que alguém havia gentilmente personalizado.

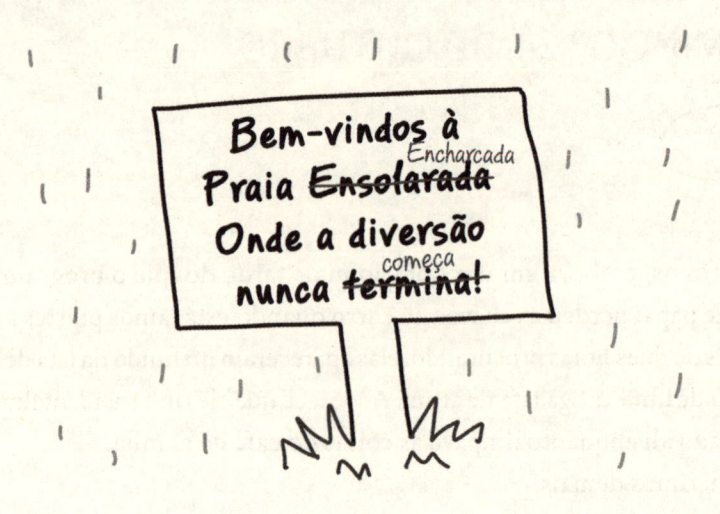

> Bem-vindos à Praia ~~Ensolarada~~ Encharcada
> Onde a diversão nunca ~~termina~~ começa!

A jornada acabou durante mais de oito horas, graças ao trânsito e às frequentes paradas para mamãe e Toby fazerem xixi. Mesmo assim, não importa. Estamos aqui agora e, no momento, nos instalando em nosso Trailer Deluxe, que é basicamente um galpão de metal sobre rodas. Odiaria pensar como é um Trailer Padrão.

Para começar, o nosso é minúsculo e a decoração é horrível. Pense em muito bege com decorações florais. Papai está tentando chamá-la de "retrô chique", mas na minha opinião está mais para "festa do chá da vovó".

Ah, sim, o lugar também cheira a cachorro. Aparentemente, papai demorou muito para reservar, e quando reservou, só havia acomodações *pet-friendly* disponíveis. 😁

Acho que mamãe também não está particularmente feliz com isso, já que foi "dar uma descansadinha". Papai está preparando torrada com feijão para o jantar e Toby está pulando pela casa enquanto declara:

— ESTE É O MELHOR FERIADO DE TODOS!

Literalmente, não há como fugir dele.

A pior parte de tudo é que vamos ter que compartilhar um quarto (que está mais para um armário). Estou escrevendo isso empoleirada na minha cama estreita e cheia de caroços, e ele acabou de entrar e soltar três puns bem perto do meu rosto.

Quando reclamei, ele disse:

— Eu não soltei um pum em você, Lottie. Eu joguei um beijo com meu bumbum.

Irmãos mais novos são **TÃO** nojentos!

SEGUNDA-FEIRA, 25 DE OUTUBRO

Eu me levantei e tentei tomar banho, mas só saía um fiozinho de água. Parece que vou ter que ficar com cabelo liso e oleoso a semana toda!

Depois começou a chover e não parou o **DIA TODO**.

Saímos para explorar o lugar, mas havia pouca coisa para explorar.

Havia um minimercado, um bar e um parquinho bem perigoso que parecia ter sido construído nos anos cinquenta. Não tinha nem uma piscina. Mamãe disse que é uma versão MUITO mais pobre daqueles acampamentos na floresta.

Nem sei por que eles se incomodaram em fazer um mapa do local, para ser honesta.

Mapa da Praia Ensolarada

Trailers

Lojinha

Playground de concreto da morte

Discoteca do Derek

Papai disse:

— A Discoteca do Derek parece ser legal, né? — e todos nós o encaramos boquiabertos.

Por conta do tempo péssimo, voltamos pro nosso trailer barato e nos sentamos parecendo bem tristes, exceto Toby, que começou a brincar de O Chão É Lava e Gritar:

— AAAAAH! O CHÃO É LAVA! — a cada dez segundos a um volume de cem decibéis. (Para referência, uma voz normal falando está em torno de cinquenta decibéis, enquanto uma caixa de som em cem. Aprendi isso na aula de ciências!)

Após o jantar (mais torradas com feijão), havia a opção de conhecer o bar ou literalmente nada mais para fazer, então fomos conferir o bar. Quando chegamos à Discoteca do Derek, fomos recebidos por um homem vestido de pinguim. Ele estava tentando fazer com que as crianças participassem do "Clube de Diversão do Pinguim Pete". Acho que o objetivo principal era dar uma folga aos adultos para que pudessem beber em paz. Toby foi, mas eu me recusei terminantemente. Qual criança de onze anos e três quartos que se preze se rebaixaria a isso?

TERÇA-FEIRA, 26 DE OUTUBRO

Choveu outra vez.

Eu joguei 147 vezes Lig 4 com o Toby e venci aproximadamente 128. Nada mal. As vezes que perdi foram, mais do que tudo, devido à perda lenta da vontade de viver.

À noite, fomos à Discoteca do Derek e... por favor, não me julgue pelo que vou lhe contar. O tédio deve ter começado a atacar as células do meu cérebro. Ok, aqui vai...

Eu me juntei ao Clube de Diversão do Pinguim Pete.

A lembrança de dançar macarena com um homem adulto vestido de pinguim nunca sairá da minha mente.

Vou ficar em posição fetal no escuro agora. Só me acorde quando for a hora de ir para casa.

OBS.: Por favor, nunca diga uma palavra sobre isso a ninguém!

PENSAMENTO DO DIA:
Por que pinguins têm asas se eles não podem voar? Eles ficam com inveja dos outros pássaros que conseguem voar? Acho que eu ficaria muito chateada com isso se fosse um pinguim, porque voar parece ser incrível.

QUARTA-FEIRA, 27 DE OUTUBRO

(13h34)

Sim, você adivinhou: ainda está chovendo.
    Enviei um cartão-postal para Molly.

> **S.O.S**
> Presa em uma latinha de metal no País de Gales e abordada sempre por um homem vestido de pinguim.
> Mande ajuda! →
>
> Lottie Bjos
>
> SELO AQUI
>
> Molly Lawrence
> Rua Collins, 27
> Sydney
> Austrália

(21h21)

Hoje foi a noite de folga do Pete. Ainda bem, eu pensei. Então ouvi que era noite do karaokê e meu coração se apertou. Olhei para papai e disse:
    — Espero mesmo que ninguém esteja pensando em subir no palco e me envergonhar.
    Papai respondeu:
    — Não, claro que não, querida. Não seja boba.
    Dois copos de cerveja depois...

Papai disse:

— Assim, não sou de me gabar, mas eu faço uma versão muito boa de *I Wanna Dance With Somebody* da Whitney Houston...

Mamãe disse:

— Não, Bill, não. Por favor, não faça isso com a gente.

Eu comentei:

— Pai, não consegui dormir direito por uma semana depois que você cantou *Single Ladies* da Beyoncé naquele bar em Costa Brava em 2018. Eu te imploro, fique sentado!

Mas ele não seria convencido.

Ah, a vergonha!

QUINTA-FEIRA, 28 DE OUTUBRO

8h14

Minha nossa, temos um céu azul e limpo! **AEEEE**! Mamãe está fazendo sanduíches e, depois, vamos passar o dia na praia! Aparentemente há um fliperama e um parque de diversões com uma barraquinha de rosquinhas frescas. **UHUL**!

11h12

Começou a chover no final das contas.
    Tudo estava fechado.
    Tentamos aproveitar o que dava.
    Aí começou a chover granizo.
    Toby estava encantado.
    O restante de nós estava chorando.
    Fiquei ensopada.

Voltamos para o trailer de lata.
Não sinto meus dedos da mão.
Nem dos pés.
Nem meu nariz.
Quando vamos voltar para casa?
Uau, isso quase parece um poema muito triste! Posso usá-lo como parte do meu módulo de poesia na escola.
#DEPOISDATEMPESTADE

13h45

As coisas melhoraram um pouco. Mamãe arrumou toalhas para todos, eu me sequei e coloquei minha calça de moletom mais confortável. No almoço tivemos sopa de tomate e torradas à beira do fogão a gás e jogamos Banco Imobiliário.

Eu fui o peão azul (meu favorito) e consegui comprar hotéis e deixei todos pobres. **HA HA**!

Sempre fui excelente jogando Banco Imobiliário. Talvez eu seja uma magnata do ramo imobiliário quando crescer! Embora eu não tenha certeza do que isso signifique... Talvez seja uma agente imobiliária chique ou algo assim?!

19h37

Ah, não. Estamos na Discoteca do Derek e Pete, o pinguim, está de volta.
Hoje ele está realizando as Olimpíadas do Pinguim da Praia Ensolarada.
Parece patético. Nem a pau que vou participar.

21h17

Ganhei a medalha de ouro na corrida do ovo na colher na categoria de 9 a 12 anos.

Eu era a única participante, mas não vou deixar que esse pequeno detalhe diminua meu brilho.

HOJE EU SOU UMA ATLETA OLÍMPICA!*

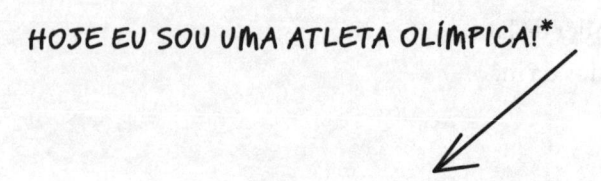

*Se as Olimpíadas acontecessem no parque de trailers do País de Gales, incluíssem apenas um participante por categoria e fossem julgadas por um homem de meia-idade vestido de pinguim.

21h35

Estava a caminho do banheiro quando flagrei Pete fumando perto da saída de incêndio.

> Minha nossa! Pinguim malvado!

Ele implorou para que eu não contasse a ninguém, e disse que Derek o demitiria se descobrisse.

Aparentemente, demorou uma eternidade para ele encontrar esse trabalho depois de ser demitido três meses atrás. Seu trabalho anterior era como Kevin, o coala, no parquinho *soft play* Macacos Doidos.

Eu disse a ele que fumar fazia muito mal para a saúde de um pinguim e que também não pegava bem para um anfitrião olímpico.

— Só vou GUARDAR seu segredo — eu disse —, se você prometer que vai tentar parar de verdade.

Ele disse que tentaria. Também me contou que seu nome não era Pete, esse era apenas o seu nome artístico.

Adivinha qual era seu nome real?

MARTIN.

Acho que preferia Pete...

(22h10)

Olhei o aplicativo do tempo antes de dormir e aparentemente tem uma tempestade chegando. Que alegria!

SEXTA-FEIRA, 29 DE OUTUBRO

(1h33)

Acordada e encolhida no quarto da mamãe e do papai. Parece que alguém está jogando pedras no trailer.

(2h47)

O trailer está realmente se mexendo. Mamãe e eu estamos abraçadas, chorando.

(3h11)

Não acredito que papai e Toby estão dormindo mesmo com tudo isso acontecendo!

    Tenho quase certeza de que estamos prestes a voar. Eu me sinto como a Dorothy em *O Mágico de Oz*. Talvez a gente acorde no Kansas?!

SOCORRO!

4h09

PENSAMENTO DO DIA:

Se todos morrermos aqui e alguém encontrar esse diário, por favor, diga a Professor Bernardo Guinchinho e Bola de Pelo, o terceiro, que eu amo os dois muito e que sinto muito pelas vezes que reclamei sobre limpar a gaiola. É que ninguém gosta de lidar com cocô, sabe? Mesmo que sejam cocôs minúsculos de hamsters.

Por favor, entregue minhas maquiagens e roupas para Molly, incluindo a jaqueta jeans com glitter nos cotovelos que ela sempre adorou. Jess pode ficar com minha coleção da Família Sylvanian. (Não ligo se ela vender os repetidos.)

Minhas relíquias do Justin Bieber podem ir para a caridade. A menos que um museu as queira? Eu tenho uma edição limitada de porta-copos e um par de pantufas "praticamente novas" que eu só usei uma vez por cinco minutos. São bem quentinhas!

Ah... me desculpe pelo estado do meu quarto. Eu pretendia limpá-lo, mas sou uma pré-adolescente ocupada. Você sabe como é.

IMPORTANTE: NÃO DEIXE ESTE DIÁRIO CAIR NAS MÃOS DE NINGUÉM DA ESCOLA KINGSWOOD. O IDEAL SERIA QUE VOCÊ O QUEIMASSE IMEDIATAMENTE. (De uma maneira segura e controlada, obviamente. Não quero que mais vidas sejam perdidas sem necessidade.)

(7h23)

Você quer a boa ou a má notícia primeiro?

A boa notícia é que não morri. Uhul!

A má notícia é que, embora a tempestade tenha passado, ela acabou com a eletricidade e o aquecimento do acampamento.

Papai se levantou, bocejou e disse:

— Bom dia, campistas! Todo mundo dormiu bem?

Se um olhar pudesse matar, papai teria morrido milhares de vezes.

Mamãe disse:

— Eu gostaria de ir para casa agora, por favor, Bill — mas de uma maneira um pouco mais rude.

SÁBADO, 30 DE OUTUBRO

Uhuuul! Finalmente estamos em casa!

Mamãe disse que não haveria mais viagens surpresas. Especialmente aquelas envolvendo um parque de trailers no País de Gales em outubro. Ela disse que da próxima vez vai para um *all inclusive* em Seicheles. Sozinha.

Pobre mamãe iludida. Acho que ela se esqueceu que está grávida da Davina.

DOMINGO, 31 DE OUTUBRO

19h08

Feliz Halloween!

Não que eu me importe. Estou muito velha para essa coisa de doces ou travessuras hoje em dia.*

Mamãe me obrigou a levar Toby para cima e para baixo na rua, porque ela estava muito cansada devido ao crescimento do bebê e papai muito cansado da longa viagem. Ambos os problemas foram causados por eles mesmos, se você quer saber, mas, como eles sempre me dizem: "não pergunte, só obedeça".

Perguntei a Toby do que ele queria se fantasiar. Um esqueleto? Um diabinho? Um fantasma?

*Obviamente ajudarei Toby a comer todo o seu estoque de doces. Foi um bom ano. Várias barrinhas de Twix. Nhami.

Adivinha o que ele escolheu?

Uma banana.

Eu disse:

— Toby, não acho que tenha nada de assustador em uma banana.

— E se eu começar a rosnar? — ele perguntou.

— Você já ouviu uma banana rosnando?

— Ahn, não.

— Isso porque normalmente as frutas são bem silenciosas.

— E seu eu carregar um machado? — perguntou ele.

— Sim, acho que pode funcionar...

Então essa é a história de como eu fui pedir doces ou travessuras com uma banana que rosnava e carregava um machado.

GRRRAAAA

OBS.: Mamãe esqueceu de comprar doces, então nossa casa levou uma chuva de ovos. Eu ri *MUITO*.

19h27

Acabei de me lembrar que não fiz nenhuma das minhas tarefas para casa. ☹
Enfim. São apenas duas redações, um trabalho de matemática e um desenho de natureza-morta para terminar até amanhã.
Certo, vou morrer agora.
VAI DAR TUDO CERTO.
Não vai?

20h17

Por que, por que meus hamsters não são bons em equação?

> Vamos lá, pessoal, quanto é $5x-2 = 12 - 2x$?!

> Eu sei! X = cenouras!

22h26

Tão cansada. Estou comendo uma tigela de cereais para ter energia. Ainda tenho que fazer meu desenho. Desenhar uma tigela de cereais conta como natureza-morta, o que você acha?

23h57

Mamãe acabou de me acordar. Eu dormi na minha mesa, com o rosto na tigela de cereal. Eu estava tendo um pesadelo em que me debatia no mar e era perseguida por uma família de tubarões-brancos enormes.

Quando acordei, ainda estava tentando espantá-los com a minha colher (o que eu duvido que teria sido eficaz em um cenário de ataque real). Foi tudo muito desorientador.

> Afastem-se, tubarões, ou eu vou acertá-los com a minha colher!

Nessa confusão, meu desenho de natureza-morta ficou cheio de leite e agora está arruinado, mas não tenho tempo para começar de novo. Vou ter que dizer que os hamsters o comeram.

SEGUNDA-FEIRA, 1º DE NOVEMBRO

Acordei às 8h23 e entrei em pânico. Coloquei meu uniforme e saí correndo.

Quando cheguei à aula, dei um abraço em Jess, Amber e Poppy. Foi muito bom vê-las de novo — até Poppy me dar um olhar estranho e dizer bem alto (tão alto que a sala toda parou de conversar e olhou para mim):

— Lottie, o que é isso no seu cabelo?

Ergui a mão para checar o local para onde ela estava apontando e um monte de cereal caiu do meu rabo de cavalo. Eu devia estar tão cansada noite passada que fui dormir sem me limpar, e não tive tempo de pentear o cabelo ou até mesmo de me olhar no espelho antes de sair de casa hoje de manhã.

Não sou muito nojenta?

Na hora do almoço, todos os sétimos anos haviam ouvido a história hilária de como eu tinha vindo para a escola com o cabelo cheio de cereal. Você consegue adivinhar qual é meu novo apelido?

Sim. Você acertou...

Brilhante.

Na hora do almoço, conversamos sobre os nossos feriados, os delas pareceram muito mais empolgantes do que o meu. Amber e Poppy se viram praticamente todos os dias, mas Jess não saiu com elas. Achei isso um pouco esquisito.

Quando Jess e eu estávamos sozinhas na aula de inglês, perguntei a ela:

— Por que você não saiu com as meninas no feriado?

— Não sei... — ela respondeu. — Não tive muitas notícias delas, acho. Mas não se preocupe. Eu estava muito ocupada de qualquer forma. Eu, mamãe e Florence fizemos muitas coisas!

Mas ela parecia um pouco triste com isso.

QUARTA-FEIRA, 3 DE NOVEMBRO

Já que é meu aniversário no sábado e a festa da escola é na próxima sexta-feira, estava pensando se poderia convencer mamãe e papai a me deixarem fazer luzes como as de Liv.

Papai geralmente é o mais fraco, então esperei até que ele estivesse em seu momento mais feliz (sentado de pantufas e lendo o jornal), e disse casualmente:

— Pai, eu estava pensando... sabe, eu tenho sido **MUITO** boa e **SUPERPRESTATIVA** ultimamente, né?

— Ahn... não tenho certeza se isso é verdade...

— Bom, tanto faz. De qualquer forma, eu estava pensando... você poderia pagar para eu fazer luzes?

— Pagar para você fazer o quê?

— Luzes, pai. É uma técnica de tingir o cabelo.

— Nunca ouvi falar. E quanto custa essa brincadeirinha?

— Ah, você sabe, é superbarato. Cerca de... — talvez eu tenha balbuciado a próxima parte — 150 reais.

— 150 REAIS? Você deve estar brincando. Meu corte custa seis!

— Isso porque você não tem cabelo, pai!

— Não seja atrevida, mocinha.

Aff, pais! Quem os aguenta?!

Mais tarde, quando eu estava dizendo boa noite, ele veio até a sala de estar e me disse que havia encontrado a solução perfeita. Aparentemente, economizaria **MUITO** dinheiro, já que eu nunca mais precisaria cortar meu cabelo outra vez.

> *Já sei! Você pode usar meu gorro ninja!*

> *Boa noite, pai!*

SEXTA-FEIRA, 5 DE NOVEMBRO

Noite da fogueira, e meu último dia como uma garota de onze anos.

Papai comprou fogos de artifício que custaram 89 reais. Mamãe disse que gastar 89 reais em algo que vai explodir é como queimar dinheiro. Literalmente.

Tenho que admitir que concordo. Os fogos eram impressionantes, mas duraram apenas noventa segundos. Além disso, eu poderia ter feito as luzes no meu cabelo por esse valor (quase).

Por outro lado, mamãe fez as maçãs do amor mais incríveis de todas. Estavam bem docinhas e firmes. Deliciosas! Um bônus foi que Toby demorou tanto para comer a dele, que tivemos quarenta e cinco minutos livres de piadas de pum ou golpes de caratê. Foi uma felicidade pura.

SÁBADO, 6 DE NOVEMBRO
(Também conhecido como MEU ANIVERSÁRIO DE 12 ANOS!!!!!!!!!!)

10h15

Acordei às 8h e, antes de descer para abrir meus presentes, troquei de roupa e dei uma boa olhada no espelho. Eu parecia a mesma, mas também estava um pouco diferente. Isso faz algum sentido?

Meu peito ainda estava reto como uma tábua, mas, pelo menos, não tenho espinhas e meu cabelo não está tão oleoso a ponto de precisar ser lavado todos os dias (ainda).

Mas acho que meu rosto está um pouco menos redondo. Gostaria de saber em que idade começamos a ter rugas. Talvez eu deva começar a usar um pouco do creme facial da mamãe?

Alguns dias, ainda me sinto como uma criança.

Em outros, sinto que estou crescendo rápido demais, e quero apertar o botão para pausar.

Em um ano, serei uma adolescente, então estou presa nesse meio-termo estranho por mais algum tempo... talvez seja melhor aproveitá-lo ao máximo!

Coloquei minha calça jeans e uma camiseta listrada branca e azul, depois desci as escadas e encontrei mamãe, papai e Toby na cozinha. Acima deles, havia dois balões de hélio prateados que diziam "21".

— Ah, acho que vocês me envelheceram nove anos! — eu disse.

Eles riram e trocaram os balões de lugar, depois gritaram:

— Feliz aniversário, Lottie!

Em seguida, mamãe disse:

— Eu não acredito que meu bebê está tão grande!

E começou a chorar de soluçar. Ela sempre fica extremamente emotiva nos nossos aniversários, e acho que os hormônios da gravidez também não estão ajudando muito.

Papai não se saiu muito melhor.

— Não acredito que minha pequena Lottie Pote tem doze anos! Ainda me lembro do dia em que você teve uma diarreia explosiva no meu terno, bem quando eu estava prestes a sair para uma reunião importante.

— Paaaaaaai — eu disse, e ele piscou para mim e bagunçou meu cabelo.

Depois, eu abri meus presentes. Eu havia pedido principalmente dinheiro para comprar roupas, mas também ganhei um roupão novo, um *body splash*, uma vela com cheiro de chiclete, um pacote com 24 canetinhas coloridas e uma máscara facial de melão e limão. **ARRASEI!**

Em seguida, comemos rabanadas com morango, calda e chantilly de café da manhã — o meu favorito.

Agora estou contando os minutos até as 17h, quando as garotas chegarão para a minha primeira festa do pijama de aniversário. **UHUUUUL!**

15h17

Ainda não tive notícias da Molly. É bem estranho. Nós sempre passávamos nossos aniversários juntas, e agora ela nem sequer me mandou uma mensagem, muito menos um cartão ou um presente! Será que minha melhor amiga esqueceu completamente do meu aniversário?

Mas estou tentando não deixar que isso me afete. As garotas chegarão em breve e eu ainda tenho muitas coisas para fazer!

DOMINGO, 7 DE NOVEMBRO

(4h11)

Bom, não quero parecer arrogante, mas acho que essa foi a melhor festa do pijama da história de **TODAS AS FESTAS DO PIJAMA**. Quer dizer, mamãe e papai talvez tenham uma opinião diferente, mas eles não foram convidados, então quem se importa com a opinião deles?!

Primeiro, montamos um acampamento. Meu quarto é um pouco pequeno para todas nós, então tomamos conta da sala de estar. Pedi que as meninas trouxessem cobertores e travesseiros, e fizemos uma cama enorme no chão. Parecia um marshmallow gigante e fofinho.

Depois, mamãe deixou que pedíssemos pizza para jantar. Pedimos o maior combo do menu: pizza de pepperoni com borda recheada, pão de alho, tirinhas de frango, sorvete de chocolate com pedaços de brownie e duas garrafas de refrigerante.

Quando terminamos de comer, eu sugeri que testássemos minha nova máscara facial. Foi muito divertido. Coloquei um pouquinho na mão de cada uma das garotas e depois espalhamos pelo rosto. Era bem gosmenta e a sensação era estranha, mas depois de dez minutos ela se fixou e era como se nossos rostos tivessem congelados. Minha pele parecia tão tensa que eu nem conseguia falar direito.

Eu peguei um pedacinho da máscara no final da minha bochecha e ela começou a se soltar como uma folha.

— Aaaaah, parece que você está arrancando a pele do seu rosto! — gritou Poppy.

— Ela tem razão! Você parece um zumbi! — berrou Jess.

Todas concordamos que, depois da máscara, nossa pele parecia superfresca e limpa, então talvez eu faça isso toda semana a partir de agora, para manter minha aparência jovem.

Em seguida, colocamos nossos pijamas e assistimos a um filme de terror sobre um vilarejo controlado por um vampiro. Todo mês, os habitantes tinham que sacrificar uma pessoa para o vampiro, ou então ele mataria a cidade toda. Todos os moradores recebiam um número e a pessoa a ser sacrificada era escolhida por meio de um sorteio. Era como uma versão horrível do bingo: em vez de ganhar uma caixa de sabonetes ou uma lata de biscoitos, você iria morrer!

O filme terminou por volta das 23h30, e mamãe apareceu para dizer:

— Certo, meninas. Acho que é hora de vocês se ajeitarem para dormir!

Não sei de onde ela tirou a ideia de que dormiríamos antes da meia-noite. **HAHA!** Enfim, estávamos muito assustadas por conta do filme. Poppy perguntou se ela podia ir para casa, mas mamãe pareceu um pouco irritada e disse que já era muito tarde.

Para nos distrair dos pensamentos de vampiros sugando nosso sangue, decidimos assaltar os armários da cozinha e comer os doces da casa toda! Conseguimos um excelente carregamento, porque mamãe come muito doce no momento para ajudar com o enjoo matinal.

— Como é ter doze anos? — perguntou Jess, enquanto comíamos um monte de balas de goma.

— Não sei... — respondi. — Acho que parece a mesma coisa, mas meio diferente.

De repente, percebi que era oficialmente a mais velha na sala, e me senti muito madura.

— Acho que você só começa a se sentir mais adulta quando menstrua — disse Amber.

— Você já menstruou? — perguntei.

— Sim, faz *séculos*.

— Séculos?!

— Bom... alguns meses. Minha mãe menstruou cedo também, então acho que é de família.

— E como é? — perguntou Jess.

— É ok. Um pouco incômodo. E tem as cólicas. É difícil de explicar, mas vocês vão entender quando acontecer. — Então ela estreitou os olhos na minha direção. — É engraçado como você é a mais velha, Lottie, mas você ainda não menstruou. E você tem os menores seios entre todas nós. Aposto que você nunca beijou um garoto também.

Todas se viraram para mim.

Acho que talvez eu seja a mais velha em termos de idade, mas eu sempre me senti muito mais nova do que a Amber. Ela é praticamente uma mulher. É impossível não sentir um pouco de inveja de como ela parece ser experiente em tudo.

— Eu... eu... bom... — gaguejei.

— Eu nunca beijei um garoto! — disse Jess. — E nem quero. Parece nojento.

Eu lhe dei um enorme sorriso por me ajudar... mais uma vez.

— Bom, então você não sabe do que está falando — disse Amber.

— Quantos garotos você já beijou? — perguntei.

> É difícil manter a contagem, mas acho que uns 13!

— Treze?! — gritei. — Como você já conseguiu beijar TREZE garotos? Você só tem onze anos!

Poppy revirou os olhos e começou a rir.

— É verdade — disse Amber. — Eu estava de férias em um acampamento no sul da França. Os garotos franceses são muito mais sofisticados do que os garotos daqui.

— Mas o que ela esqueceu de mencionar é que tinha nove anos e era um jogo de pique-pega de beijo e que ela perdia de propósito — Poppy deu risada.

Amber agarrou um travesseiro e acertou a cabeça de Poppy com ele. Acho que ela não gostou muito de ser dedurada, mas todas nós nos sentimos muito melhores depois de ouvir aquilo.

Estou começando a aprender que a maioria das coisas que saem da boca da Amber não devem ser "levadas a sério", como diria meu pai.

Eu peguei meu travesseiro e comecei a acertar Jess com ele, e quando nos demos conta, estávamos tendo uma verdadeira briga de travesseiros!

O barulho deve ter acordado papai, já que ele apareceu na porta com a aparência de uma das vítimas do vampiro e reclamou sobre como estava tarde.

> Por favor, garotas, eu imploro. São 2h30 da manhã!

> DORMIR É PARA OS FRACOS!

Eu disse:

— Papai, me escuta. Eu sei que é tarde, mas acabamos de comer uma barra de chocolate, um pacote de bombons sortidos e dois pacotes e meio de jujubinhas. Honestamente, não acho que conseguiremos dormir por, pelo menos, mais algumas horas.

Papai me olhou horrorizado e foi embora.

Mas não sei do que ele estava reclamando. Se você deixa um bando de pré-adolescentes com acesso irrestrito a açúcar e a filmes sangrentos, o que você pode esperar como resultado?

As próximas horas foram um borrão. Praticamos bananeiras, fizemos uma competição de dança e tentamos encher nossos sutiãs com marshmallows. (Só para constar, eles funcionam muito melhor do que meias E você pode comê-los depois. Mas fica um pouco pegajoso.)

Enfim, as meninas estão dormindo agora, e escrever aqui está me deixando com muito sono, então melhor dizer boa noite e dormir também. Consegui ficar de pé até 4h26, o que é impressionante demais para alguém que acabou de fazer doze anos. Muito bem para mim!

> 5h46

Ah, minha nossa. Eu esqueci que Toby acorda com o nascer do sol.

Ele está pulando no meio da nossa cama de marshmallow, assistindo a uma animação e cantando a plenos pulmões.

TUDO É INCRÍVEL!

Eu só dormi por aproximadamente 45 minutos.

Se eu tivesse energia para mexer minhas pernas, eu o chutaria.

> 11h13

Todo mundo já foi embora. Mamãe pediu mil desculpas aos pais de todas elas pelas poucas horas de sono, pelo consumo excessivo de açúcar e pelo acesso a filmes de terror violentos. Tsc, tsc.

Eu me sinto incrivelmente enjoada. Meus arrotos continuam com gosto de jujuba. Meio nojento, mas eles têm um cheiro muito bom.

Nunca pensei que diria isso, mas acho que estou com vontade de comer legumes.

Papai está parecendo muito superior e fica repetindo:

— Aaaah, pobre Lottie Pote. Estamos cansados, né? Não dormimos bem na noite passada?

HILÁRIO.

11h43

Mensagem da Molly:

> **MOLLY:** MEU DEUS, ME DESCULPE! EU ESQUECI DO SEU ANIVERSÁRIO! Fiquei treinando com a Isla o dia todo e acabei dormindo depois da nossa mega corrida. A festa foi boa? Por favor, me desculpe!! Bjossss

Então ela estava com a Isla. Bom, eu já imaginava... Ela sempre está com a Isla. E, aparentemente, Isla e seu clube de corrida são muito mais importantes do que sua melhor amiga fazendo doze anos.

Desliguei meu telefone. Estou muito cansada para lidar com isso agora.

14h47

Tentei tirar um cochilo no sofá, mas, de repente, papai estava lá, usando uma furadeira sem fio bem perto da minha cabeça. Mamãe vem pedindo que ele coloque prateleiras há séculos e hoje foi o dia que ele finalmente decidiu fazer isso...

Pessoalmente, acho que todos estão se divertindo demais com o meu sofrimento.

Não estou ansiosa para ir à escola amanhã. Mas tudo valeu a pena!

SEGUNDA-FEIRA, 8 DE NOVEMBRO

13h47

Me sentindo uma zumbi. Tudo é tão trabalhoso. Fui direto para a cama quando cheguei em casa.

Dormi três vezes na aula de ciências. A Sra. Murphy não gostou nada disso. Ela ficava falando:

— Acorde, Lottie. Como você pode não achar fascinante a formação de rochas ígneas?

Eu estava cansada demais para responder, então eu só fiquei olhando para ela.

Na hora do almoço, eu precisava tanto de uma dose de açúcar que tomei três raspadinhas para tentar acordar. Já contei que a cantina da escola faz raspadinhas?! É só colocar a impressão digital para pegar uma. É basicamente de graça.

De qualquer forma, funcionou perfeitamente. Após três misturas de framboesa azul e melancia, eu estava ótima!

15h49

Cheguei em casa e vi um lindo buquê que a Molly me enviou. Nunca havia recebido um buquê de flores antes. Pareceu muito adulto.

Mas ainda estou muito magoada, então não sei o que pensar. Mandarei mensagem para ela mais tarde.

Nesse momento, tenho um encontro com a minha cama.

TERÇA-FEIRA, 9 DE NOVEMBRO

Dormi por quatorze horas ontem à noite e me senti uma nova garota pela manhã!

No geral, um dia muito melhor.

Apesar da revelação de que as raspadinhas não são de graça no final das contas. Acontece que seus pais têm que colocar dinheiro na sua conta virtual através de um aplicativo, que também informa exatamente quanto você gastou e — mais importante — o que você comprou.

É como um programa espião, e na minha opinião (olha rimou!), totalmente injusto.

Você realmente acha que 14 raspadinhas e 27 KitKats Chunkys contam como lanche saudável?!

Ops, foi mal.

Mamãe disse que eu deveria estar usando o dinheiro para comprar "uma deliciosa fruta" para mim.

Eu disse:

— Fruta? Ninguém come frutas quando está com fome!

Ela rebateu:

— Claro que come. Uma banana é um ótimo lanche!

Eu comentei:

— Vou lembrá-la disso na próxima vez que eu pegar você devorando um pacote inteiro de bolacha.

Ela não teve uma resposta para isso, então acho que ganhei!

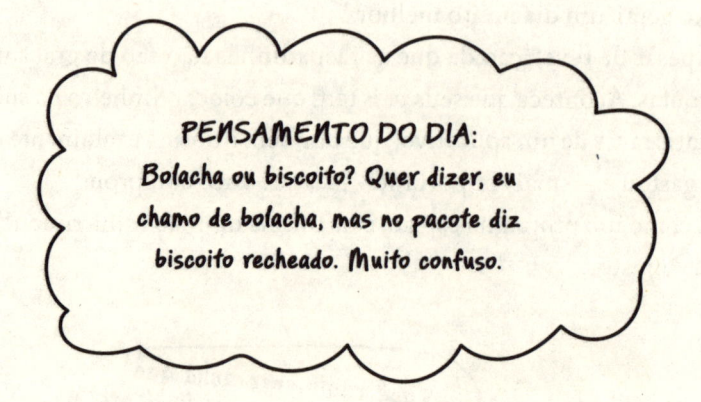

> **PENSAMENTO DO DIA:**
> Bolacha ou biscoito? Quer dizer, eu chamo de bolacha, mas no pacote diz biscoito recheado. Muito confuso.

TERÇA-FEIRA, 16 DE NOVEMBRO

Amber quer que eu a apresente a Lindo Theo na aula de teatro amanhã. Ela parece achar que eu e ele somos amigos de verdade porque somos amigos nas redes sociais, mas são coisas completamente diferentes. A realidade é que acho que Theo nem sabe meu nome.

OBS.: Hoje Poppy nos disse que a filha do professor de natação da amiga da prima do vizinho da casa ao lado só menstruou aos 29 anos! E se isso acontecer comigo?!?

QUARTA-FEIRA, 17 DE NOVEMBRO

Por que sou uma pessoa tão desajustada socialmente?

Ontem, na aula de teatro, Amber me cutucou e disse:

— VAI LÁ AGORA!

Tente falar normalmente, disse a mim mesma.

> Oi... ahn... Lindo The... QUER DIZER, THEO!

> O quê?!

MINHA NOSSA, EU QUASE O CHAMEI DE LINDO THEO NA CARA DELE!

— Quer dizer... Oi, Theo. Eu disse 'Theo' por que esse é seu nome, né? Você se chama Theo, certo?

Por favor, alguém me faça ficar quieta. Eu preciso calar a boca urgentemente!

— Sim, sou o Theo — respondeu ele. — E você é a Garota Pepino, né?

— Sim, bom... Na verdade é Lottie, se você quiser. Mas eu também respondo por KitKat Chunky, Garota Pepino e Cabeça de Cereais. Hahaha. Enfim, ahn, oi. — *Você já falou oi, sua TONTA!* — Essa é minha... ahn... amiga Amber...

Amber me lançou um olhar do tipo "o que há de errado com você", e então assumiu o controle da conversa como se não fosse nada demais.

— Oi, Theo — disse ela. — Prazer te conhecer. Você vai na festa de outono na sexta?

Ah, como deve ser incrível conseguir formar uma frase inteira.

— Oi — ele respondeu. — Sim, acho que sim.

— Ótimo! Te vejo lá!

— Legal. Vejo você lá ou algo assim — disse ele, depois se virou para seus amigos e começou a falar sobre o resultado do jogo de futebol.

Quer dizer, pessoalmente, não acho que a conversa foi *tão* boa assim, mas Amber pareceu totalmente encantada.

Mas eu tenho que concordar que eles formariam um casal perfeito. Se aqui fosse os Estados Unidos, eles seriam o rei e a rainha do baile, com certeza.

QUINTA-FEIRA, 18 DE NOVEMBRO

FALTA UM DIA!

Estou me sentindo um pouco ansiosa, mas de um jeito bom. Experimentei meu look seis vezes, não tenho certeza de que acertei totalmente, mas não tem muito o que eu possa fazer agora, né?

Pensei em mandar uma foto para a Molly para pedir sua opinião, mas ainda estou um pouco brava com ela.

E não tenho tempo para pensar sobre isso agora, preciso do meu sono da beleza para amanhã.

Boa noite, bjos.

SEXTA-FEIRA, 19 DE NOVEMBRO

16h43

DIA DA FESTA!

Meu cabelo está um desastre. Tentei seguir um tutorial sobre como obter "ondas soltas sem esforço" com um babyliss, mas não deu certo.

Não é assim que parecia no vídeo →

Tive que lavá-lo de novo e só tive tempo para arrumá-lo do mesmo jeito de sempre. Mamãe disse que eu podia usar um pouco de maquiagem, então usei um gloss com cor, rímel e um pouquinho de blush. Acho que ficou ok.

Decidi abandonar a ideia de meias no sutiã e simplesmente arrasar no visual de peito de tábua. Fiz um pequeno desfile para os hamsters e eles pareceram aprovar pelo menos!

> Arrasa, querida!

> Uau, você está linda, garota!

Acabei de receber uma mensagem no WhatsApp.

MOLLY: Ei, Lottie. Estou com saudade! Faz muito tempo que não nos falamos. Você tem tempo para conversar se eu te ligar? Bjos

EU: Foi mal, não tenho. Estou indo para a casa da Amber comer pizza antes da festa! Poppy e Jess vão também. Compramos roupas novas e vai ser muito divertido!

MOLLY: Tá bem então. Talvez depois. Tenha uma ótima noite. E me desculpe mais uma vez por ter esquecido seu aniversário. Bjos

EU: Não se preocupe. Foi o melhor aniversário de todos. Nem percebi.

MOLLY: Que bom que você se divertiu.

EU: Sim. Ah, e obrigada pelas rosas. Bjos

MOLLY: Sem problemas. Bjos

Talvez eu tenha soado um pouco direta, mas conversarei com ela amanhã. Porque agora estou **SUPEREMPOLGADA**.

Eu quero saber se Amber e Theo vão namorar!

Eu quero saber se alguém vai pedir para dançar comigo!

Eu quero saber se vão tocar alguma música do Justin Bieber e vou ter que fingir que odeio!

Tenho a sensação de que essa noite vai ser incrível e O PLANO talvez esteja finalmente funcionando. A Cinderela está indo para a festa e talvez ela não se transforme em uma abóbora!

Venho informar mais tarde...

21h49

Uau. Bom, foi agitado... no mau sentido.

Não tenho a energia para escrever muito agora, então vou mencionar os pontos principais.

EM PRIMEIRO LUGAR, AS COISAS BOAS (PERCEBA QUE A LISTA É BEM CURTA):

* Eles tocaram *Sorry*, do Justin Bieber (Ver também: lista de pontos negativos)

* Um garoto realmente me convidou para dançar (Ver também: lista de pontos negativos)

* Ahn... é isso.

AGORA A LISTA (MAIS LONGA) DE COISAS RUINS:

* Eles tocaram *Sorry*, do Justin Bieber, mas aparentemente todo mundo era legal demais para dançá-la. Que tempos tristes.

* Eu estava me sentindo ansiosa, então bebi três latas de refrigerante, e por isso tive que passar o resto da noite me concentrando muito

para não arrotar na cara de ninguém. Em certo momento, eu estava tão cheia de gases que fiquei com medo de sair voando.

Todo mundo sendo normal

Eu. Prestes a alçar voo.

* Theo passou a noite toda brincando com seus amigos e Amber começou a ficar muito irritada por ele não a ter chamado para dançar. Depois Jess disse que estava entediada de ficar na beirada da pista de dança conversando e perguntou se eu queria dançar. Eu não tinha certeza do que fazer, então disse que achava melhor ficar com Amber e Poppy. Então Jess foi para a pista e se juntou aos garotos.

* Em seguida, nós três ficamos observando Jess se divertir muito sem preocupações. Amber ficou totalmente furiosa, e devo admitir que fiquei um pouco chateada também. Eu gosto do Theo, e a Jess sabe disso... Só porque nada vai acontecer entre nós, não significa que não doeu ver Jess dançando com ele.

* Cinco minutos depois, Daniel veio e ME chamou para dançar. (Eu sei!) Infelizmente, devido as minhas questões com gases e os meus problemas em formar frases adequadas, fiquei ali parada assim:

> Oi, Lottie, você quer dançar?

> Lottie, o limão mudo.

* Amber se meteu e disse: — *Não, ela não quer! Por que ela iria querer dançar com você?!* E Daniel respondeu: — *Ok, sem problemas.* E foi embora, parecendo muito triste. Agora me sinto ainda pior. ☹

* Depois Amber saiu correndo e chorando e Poppy e eu tivemos que passar 45 minutos consolando ela no banheiro. Perdemos o resto da festa.

* Aparentemente Amber está de coração partido e NUNCA vai se recuperar da rejeição de Theo.

> Não posso acreditar que ele me traiu com uma das minhas melhores amigas. Minha vida acabou!

* Poppy disse que Jess estava "se jogando em cima de Theo" (embora eu jure que eles nem se tocaram) e "que era um péssimo exemplo de feminista" (seja lá o que isso signifique, não tenho certeza).

* Amber disse: — *Eu não acredito. Até Lottie foi chamada para dançar!* O "até Lottie" me magoou bastante. Será que todos pensam que eu sou patética também? Estou tentando não pensar muito nisso no momento.

* Quando estávamos indo embora, Amber gritou: — *SUA CRETINA EGOÍSTA!* para Jess. Acho que ela esqueceu que a mãe da Poppy ia nos buscar e nos levar para casa.

← UM MEGA CLIMÃO →

Resumindo, minhas amigas se odeiam e tudo está arruinado! ☹

SÁBADO, 20 DE NOVEMBRO

7h32

Uma notificação apareceu no grupo de WhatsApp das Rainhas do Sétimo Verde:

Amber saiu do grupo.

Momento de cair o queixo!
Sério, isso é brutal.

7h33

JESS: O que está acontecendo?! Tudo o que eu fiz foi dançar e me divertir, é isso que devemos fazer em uma festa, não é?!

EU: Eu sei, mas a Amber acha que você dançou de propósito com o Theo quando você sabe que ela gosta dele...

JESS: Isso é loucura! Eu não gosto do Theo desse jeito. Somos apenas amigos! Você sabe que garotas e garotos podem ser amigos, né?

EU: Claro. É apenas um mal-entendido. Com certeza podemos resolver isso! Bjos

7h35

Mensagem da Amber:

> EU NÃO ACREDITO NO QUE ACONTECEU, MEU CORAÇÃO ESTÁ PARTIDO EM UM MILHÃO DE PEDAÇOS! POR QUE A JESS FARIA ISSO COMIGO? POR QUÊ?!?!?!?!?!? 😭😭😭

Tuuuuuudo bem, então. Talvez isso não seja tão fácil de resolver, afinal.

7h38

Respondi para Jess.

> **EU:** Ahn, talvez ela esteja um pouco mais chateada do que pensei. Ela disse que seu coração está partido. ☹️ Então, talvez ajude se você pedir desculpas...

> **JESS:** Ela precisa se controlar. Já tem onze anos de idade e eles não são casados! Eu não tenho que pedir desculpas por nada!

7h41

Em seguida, respondi para Amber tentando manter um tom alegre.

> **EU:** Bom dia, Amber! A noite passada foi uma loucura, hein? Hahaha. Enfim, só para você saber, Jess disse que não gosta mesmo do Theo. Então acho que foi só um mal-entendido. Ufa!

> **AMBER:** VOCÊ ESTAVA LÁ?! Ela ficou pendurada nele A NOITE TODA! Ela sabia que eu gostava dele, e se fosse uma amiga de verdade NUNCA teria feito isso comigo! 😣

> **EU:** Ela disse que só queria dançar. Tenho certeza de que se ela soubesse que você estava chateada, teria se afastado um pouco...

AMBER: FRIES BEFORE GUYS![1]

> **EU:** Eles estavam vendendo batata frita?! Com certeza eu teria comido se tivesse visto. Estava morrendo de fome!

AMBER: Não. É apenas um ditado, sua tonta. Você nunca ouviu falar do CÓDIGO DE GAROTAS?!

> **EU:** Ah, sim, CÓDIGO DE GAROTAS. Claro que sim. Mas o que eu quero dizer é, tenho certeza de que foi um mal-entendido e que podemos resolver isso!

AMBER: Ah, Lottie, você tem MUITO o que aprender...

Quando eu me levantei, mamãe me perguntou se estava acontecendo alguma coisa.

Tentei explicar a situação da melhor maneira para ela.

— Então, Amber gosta do Theo. Bom, todas nós gostamos do Theo, mas Amber é a que mais gosta dele, e Jess e Theo são amigos, e eu sou meio que amiga do Theo, mas não muito, somos mais amigos de redes sociais. Enfim, eu, Jess, Amber e Poppy estávamos esperando que Theo chamasse Amber para dançar, e Poppy ia pedir que ele fizesse isso, mas Jess quis dançar e então começou a dançar, depois Theo começou a dançar com ela, mas de um jeito louco, não romântico nem nada assim, mas Amber não

---

[1] Fries before guys é uma expressão idiomática que significa algo acima de garotos. A tradução literal é "batatas antes de garotos". No caso seria "amigas acima de garotos".

enxergou dessa maneira, e ela começou a chorar e correu para o banheiro. Então Poppy e eu tivemos que ir consolá-la, e passamos, tipo, uma hora no banheiro e acabamos com o papel higiênico, e então a festa acabou e a Jess ficou tipo — *Onde vocês estavam? Perderam toda a diversão!* e Amber gritou na cara dela, e tivemos que pegar carona com a mãe da Poppy e tudo foi superestranho, e agora ninguém está mais falando com ninguém!

— Nossa — disse mamãe. — Bom, acho que você está tendo uma vida social muito agitada esses dias, Lottie. — Ela estava sorrindo. — Mas isso me parece muito barulho por nada. E, com certeza, não vale a pena perder amigos por conta disso.

— Eu sei, mãe. Não se preocupe, vou ser a pessoa madura e resolver isso amanhã.

— Fico feliz em ouvir isso. Ah, aliás, você precisa ligar para a Molly. Ela telefonou ontem e parecia querer muito falar com você.

— Eu sei. Só não tive tempo ainda. Mas logo terei.

— Boa menina. Diga a Amber o que minha mãe costumava me dizer: há muitos outros peixes no mar!

Que coisa esquisita de se dizer! O que o número de peixes no mar tem a ver com o que estávamos conversando?!

Além disso, mamãe está errada. Estávamos aprendendo sobre as consequências da pesca excessiva outro dia na aula de geografia e isso é uma ameaça muito séria aos ecossistemas do oceano!

14h12

Curiosamente, fiquei pensando no Daniel e como tinha sido bom ser convidada para dançar.

Eu me pergunto o que teria acontecido se Amber não tivesse dito não a ele. Acho que ela estava tentando me proteger, mas não entendo o que poderia haver de errado em dançar com ele. Quer dizer, é só uma dança.

De certa forma, eu acho que ele é bonitinho... ou talvez não...

Aff, não sei o que eu acho!

Acho que isso não importa de qualquer forma, agora que ele pensa que eu sou um limão mudo e cheio de gases.

19h36

Ah, caramba. Amber postou uma foto enigmática e triste.

*Você acha que é amiga de alguém
— e de repente ela te apunhala pelas costas.
#coraçãopartido #traída #chorando
#pqeu #triste*
27 curtidas

🌹 *Amor!? Você está bem?*
🌹 *Ah, querida. Te amo!*
🌹 *Mandei uma dm, miga. Bjos*

PENSAMENTO DO DIA:
Se eu realmente tivesse que escolher entre pepinos e garotos, eu SEMPRE escolheria pepinos. Quer dizer, não é nem uma escolha de verdade, é? Traga-me um hambúrguer com pepino, por favor!

DOMINGO, 21 DE NOVEMBRO

Mamãe está muito brava comigo porque aparentemente eu passei quase o final de semana todo "encarando meu celular". E, ainda por cima, ela está me atazanando para ligar para Molly.

Tentei explicar para ela que estava em modo de gestão de crise total, mas ela pareceu não compreender totalmente como os acontecimentos da festa do Sétimo Ano poderiam ser realmente dramáticos.

Fiquei com uma sensação estranha no estômago o final de semana todo. Não estou muito ansiosa para voltar para a escola. Jess não parece entender o que ela fez de errado, Amber acha que Jess cometeu o crime do século, Poppy pensa como Amber — e eu? Bom, acho que estou presa em algum lugar no meio.

Enfim... Talvez elas tenham esquecido disso amanhã...

SEGUNDA-FEIRA, 22 DE NOVEMBRO

Ninguém **ESQUECEU**.

Trombei com a Amber no corredor e eu nunca a vi tão horrível. (Bom, horrível nos padrões Amber, ela ainda parecia, tipo, um bilhão de vezes melhor do que eu.) Seus olhos estavam vermelhos de chorar e ela tinha olheiras escuras sob os olhos.

— Eu sei que estou péssima — disse ela —, mas isso é o que acontece quando você perde alguém que ama.

Não pude acreditar no que ouvi.

— MINHA NOSSA! THEO MORREU?

— Não, Lottie! Às vezes você é incrivelmente burra. Theo não morreu na festa de outono, ou depois disso, até onde eu sei — disse ela, dando um pequeno sorriso.

Eu me senti muito insultada, para ser honesta, mas, pelo menos, eu tinha animado um pouco a Amber.

Quando chegamos à sala, a atmosfera estava congelante. Amber estava fria como um nugget que se perdeu no fundo do freezer dois anos atrás. Jess estava um pouco mais amigável, mas ainda parecia um waffle cheio de furinhos e muito irritado. Poppy e eu éramos apenas um par de ervilhas, observando com cautela.

Você poderia cortar a atmosfera com uma faca.

Olá, estou aqui para cortar uma atmosfera, alguém poderia me dizer para onde ir, por favor?

Por ali.

E eu era a única que sabia onde ficava o botão de descongelamento. Então, embora isso fosse contra tudo o que eu sou (sou mais o tipo de garota que fica nos bastidores, sabe), fiz o que precisava fazer: mandei um bilhete para as garotas pedindo que elas me encontrassem na loja de doces no intervalo.

Então, vesti minha coragem e *AGI COMO UMA MULHER!*

Rosto determinado

Calcinha de menina crescida

FORÇA

Por sorte, todas as garotas apareceram.

Por cerca de trinta segundos, ninguém disse nada, mas depois todas começaram a falar ao mesmo tempo.

— EI!EI!EI! — eu disse. — Eu falo primeiro.

Eu tinha preparado um pequeno discurso na minha mente. Era o tipo de coisa que parecia funcionar bem nos filmes, então decidi ir em frente.

— Eu acho que isso foi só um mal-entendido, pessoal. Jess queria dançar e não percebeu que Theo estava tão próximo dela! Ela não sabia que Amber estava chateada, se ela *soubesse*, teria passado a noite toda no banheiro com a gente. Certo, Jess?

Jess não parecia muito segura sobre isso, mas balancei a cabeça para tranquilizá-la.

— Huum... — disse ela.

— Ótimo! E Amber estava querendo dançar com Theo há dois dias, e então ela ficou completamente devastada com Jess, o que é compreensível, porque sentiu que Jess estava tentando sabotar seu plano. Não é isso, Amber?

— SIM! E ela sabia disso e dançou com ele do mesmo jeito! — disse ela apontando com raiva para Jess.

— MAS — eu disse —, Jess entende isso agora e eu acho que seria uma atitude muito cristã perdoá-la. Acho que é isso que Jesus iria querer.

Não tenho certeza do porquê comecei a falar de Jesus nesse momento, já que não sou nada religiosa, mas tinha soado muito bem na minha cabeça.

Amber disse:

— Bom, na verdade, eu acho que Jesus disse algo assim:

Não cobiçarás o namorado de sua melhor amiga.

— Mas ele não é seu namorado, é? — perguntou Jess.

— E nunca será, graças a você! — respondeu Amber.

— E você também não é minha melhor amiga! — disse Jess.

— Além disso, eu gostaria de esclarecer que, na verdade, Jesus disse 'Não cobiçaras o namorado do teu próximo'... e elas não moram próximo — disse Poppy. — Elas moram a, pelo menos, dez minutos de distância uma da...

— Vocês podem parar de ser tão pedante? — eu interrompi.

— O que significa pedante? — perguntou Jess.

— Significa ficar mostrando mais conhecimento que os outros. É uma das palavras favoritas do meu pai. Mas, enfim, o que estou TENTANDO dizer é que, se Jesus estivesse aqui, ele gostaria que nós nos perdoássemos e fossemos amigas outra vez... provavelmente.

— Bom, talvez todas nós possamos perdoá-la — disse Amber apontando para Jess —, se ela prometer ficar longe do Theo!

Jess arregalou os olhos para mim como se dissesse:

— O quê?!?!

Então eu disse:

— Bom, acho que isso parece totalmente razoável, dadas as circunstâncias.

Não era nem um pouco razoável, mas nesse momento eu estava tão desesperada para que todas fizessem as pazes que teria dito qualquer coisa.

— Como isso é razoável? — perguntou Jess. — Theo e eu somos apenas amigos e gostamos de jogar futebol às vezes. Não vejo por que eu deveria me afastar dele só porque você claramente tem ciúmes.

Amber começou a ficar vermelha, inflou as bochechas e estreitou os olhos.

Não, não, não, não, não, nãããããããão! Não era assim que as coisas deveriam acontecer. Deveríamos estar resolvendo isso como jovens maduras.

Acho que Poppy estava igualmente desesperada para resolver a situação. Ela me olhou como se dissesse: *E agora, o que faremos?*

— EU NÃO TENHO CIÚMES! — gritou Amber.

— E talvez tenha um problema com controle de raiva também! — disse Jess.

Amber estava da cor de um pimentão a essa altura. Ela parecia um vulcão prestes a explodir.

> EU NÃO TENHO PROBLEMAS DE CONTROLE DE RAIVA!

> Aaah, alguém está um pouco cansada!

(Eu desenhei a Amber com fumaça saindo de suas orelhas para que você tenha uma boa ideia de como ela estava furiosa. Tenho a sensação de que ninguém nunca a enfrentou antes.)

— Tudo bem. Acho que não vamos concordar sobre isso — disse Jess.

Eu sinceramente não sei de onde a Jess tirou toda essa ousadia. Metade de mim estava horrorizada, enquanto a outra metade queria aplaudi-la por se defender.

— TUDO BEM! — gritou Amber. — E SÓ PARA DEIXAR BEM CLARO, NÓS NÃO SOMOS MAIS AMIGAS E VOCÊ NÃO FAZ MAIS PARTE DAS RAINHAS DO SÉTIMO ANO!

MINHA NOSSA!!!!!!!

— Pra mim está ótimo — disse Jess. — Eu não quero fazer parte de seu grupinho estúpido e imaturo mesmo.

MINHA NOSSA!!!!!!!!!!!!

Em seguida, as duas saíram batendo os pés.

Poppy e eu ficamos em silêncio, tentando descobrir o que havia acabado de acontecer.

Mais tarde, na aula de ciências, Poppy me deu um tapinha nas costas. Ela me olhou como se pedisse desculpas e me passou este bilhete.

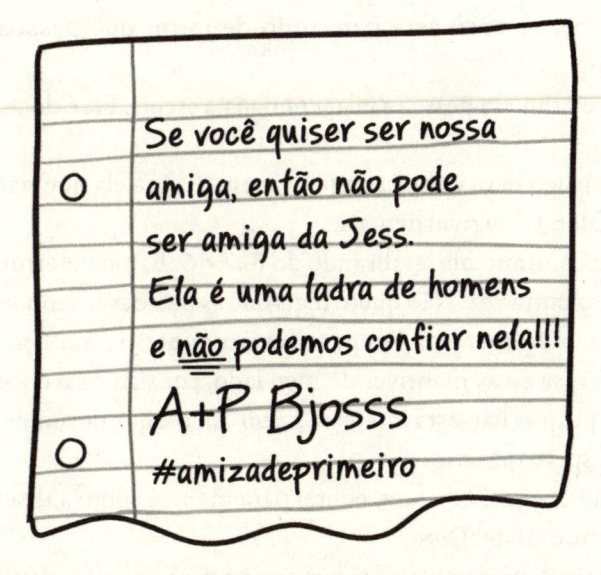

> Se você quiser ser nossa amiga, então não pode ser amiga da Jess. Ela é uma ladra de homens e não podemos confiar nela!!!
>
> A+P Bjosss
> #amizadeprimeiro

Note que o "não" está sublinhado três vezes. Note os vários pontos de exclamação. Poppy e Amber estão falando MUITO sério.

Consegui evitar todo mundo durante o resto do dia. Na hora do almoço, comi meus sanduíches empoleirada na privada, porque eu não tinha ideia de como lidar com nada disso.

Quando as aulas terminaram, agarrei minha mochila e corri para a porta. Acho que Jess teve a mesma ideia, pois ela já estava no portão da escola quando cheguei lá. Tentei manter minha cabeça abaixada, mas ela agarrou meu braço quando eu passei.

— Lottie, o que está acontecendo? O que eu fiz? Você não vai mais falar comigo?

— Eu só... eu só... eu só não sei o que fazer, Jess.

Então ouvi Amber gritar do outro lado da rua:

— Ei, LOTTIE! Você vai para casa com a gente ou o quê?

Ergui a cabeça e vi ela e Poppy me encarando.

Meu coração começou a acelerar. Eu só queria que o chão me engolisse.

— Lottie... você está bem? — perguntou Jess.

— Sinto muito — sussurrei e atravessei a rua.

Poppy e Amber juntaram seus braços aos meus e fomos embora. Quando olhei para trás, Jess estava parada lá, olhando para nós. Ela parecia tão triste que tive vontade de chorar.

Eu sei o que você está pensando de mim: que pessoa horrível! Que covarde!

Jess foi a primeira pessoa a falar comigo na escola. Ela é doce, engraçada e divertida.

Não consigo nem começar a pensar em dizer a ela que não podemos mais nos falar. É horrível demais.

Mas eu continuo me lembrando do **PLANO**. Estou determinada a não estragar isso outra vez. Não quero mais que as pessoas tirem sarro de mim, e ser amiga da Amber e da Poppy vai evitar que isso aconteça.

E, talvez, se eu as mantiver do meu lado, consiga convencer Amber e Poppy de que Jess não está interessada em Theo e que devemos ser amigas de novo! Espero que sim.

Quando cheguei em casa, contei para mamãe sobre a discussão e ela pareceu muito triste. Disse:

— Só não consigo entender por que você se desentendeu com a Jess. Boas amigas são difíceis de encontrar, Lottie. Lembre-se disso.

Agora eu me sinto ainda pior.

Os hamsters tentaram me aconselhar, mas isso não ajudou.

Tudo está uma bagunça, pessoal!

Estou feliz por não ser um humano, isso parece muito complicado!

Sim. É melhor ficar mastigando as grades da gaiola.

Tenho certeza de que existe uma maneira de consertar tudo isso. O que eu vou fazer?! Gostaria de poder voltar no tempo e refazer as partes que deram errado.

TERÇA-FEIRA, 23 DE NOVEMBRO

Hoje, na aula de ciências, tentei falar com Amber e Poppy para resolver as coisas, mas elas não queriam ouvir.

Amber disse:

— Olha, Lottie. Eu não queria ter que lhe contar isso, mas Jess não é a amiga que você pensa que ela é. Ela tem falado mal de você pelas suas costas há *teeeeeempos*.

— Ela não faria isso... — eu disse.

— É verdade, não é, Poppy?

— Sim. Ela disse que acha você chata e que só é sua amiga porque sente pena de você.

Eu me senti péssima. A Jess realmente me acha chata? Tive que me esforçar muito para não chorar.

Amber colocou o braço em volta de mim.

— Olha, não fica triste — disse ela. — Nós não te achamos chata. Você ainda tem a gente.

— Sim, não se preocupe, Lottie. Sempre estaremos aqui por você — disse Poppy.

E acho que elas estavam certas, pois, mais tarde, vi Jess almoçando com Millie e Lily. Depois, estava fazendo embaixadinhas com o Theo e seus amigos, então parece que ela já seguiu em frente.

Se tivesse sido eu a pessoa expulsa do grupo, tenho certeza de que ficaria totalmente sem amigos, mas todo mundo parece amar a Jess.

É impossível não ficar triste com tudo isso.

Pelo menos eu tenho Amber e Poppy. Sei que posso contar com elas.

QUARTA-FEIRA, 24 DE NOVEMBRO

É incrível como as coisas podem mudar tão rápido. Há uma semana, as Rainhas do Sétimo Verde eram um quarteto unido. Estávamos empolgadas com a festa de outono e planejando nossos cabelos e maquiagem. Agora olhe para nós.

Jess deveria vir para minha casa hoje depois da escola, mas ela me passou um bilhete na aula que dizia: *Acho que não me sinto confortável em ir à sua casa hoje.*

Eu estava esperando que ela pedisse desculpas e que isso tudo se resolvesse, mas acho que realmente acabou. Amber e Poppy estavam certas. A Jess realmente não se importa.

Tentei ligar para Molly esta noite, mas ela não me atendeu. Eu sei que deveria ter ligado antes, mas duvido que ela estivesse interessada em me ouvir reclamar sobre minha vida entediante. Ela provavelmente está surfando ou em outra festa na piscina.

SEXTA-FEIRA, 26 DE NOVEMBRO

Jess estava jogando futebol com os garotos no almoço outra vez. Na verdade, essa briga só fez com que ela e Theo se aproximassem mais.

Amber está tentando fingir que não se importa nem um pouco, dizendo diversas vezes às pessoas que ela não se importa nem um pouco.

Eu não me importo nem um pouco.

Não acho que as pessoas estão realmente convencidas.

Sinto uma tempestade se formando, e não gosto disso.

Uma coisa boa é que Poppy, Amber e eu combinamos de ir nadar amanhã, então estou empolgada com isso. Espero que as coisas voltem ao normal logo.

SÁBADO, 27 DE NOVEMBRO

Acordei com mamãe batendo na porta do meu quarto porque perdi a hora. Eu esqueci completamente de colocar o alarme para tocar, e Amber e Poppy estavam esperando na porta da frente.

Eu pulei da cama e coloquei uma calça jeans e uma camiseta, depois enfiei uma toalha, meus óculos e um maiô na mochila.

— Tchau, mãe — gritei, pegando uma torrada com creme de avelã que ela havia feito para mim antes de eu sair correndo pela porta.

Caminhamos até a piscina Rei Alfred que fica perto da praia. (Vou lá desde que era pequenininha.) Quando chegamos lá, fomos para nossos vestiários individuais para nos trocar. Molly e eu sempre compartilhávamos um, mas parece que foi há muito tempo. Acho que, como estamos começando a crescer, é um pouco estranho tirar a roupa na frente de outras pessoas. Eu não deixo nem minha mãe me ver nua mais, o que ela parece achar muito engraçado.

Eu tirei minhas roupas, depois abri a mochila para pegar meu maiô, e foi aí que tudo começou a dar errado. Na pressa, eu peguei um dos meus maiôs MAIS VELHOS. Eu nem sei o que ele ainda estava fazendo na minha gaveta para ser honesta, já que eu não o uso desde que tinha uns sete anos. Imagine o maiô mais constrangedor que você já teve, agora multiplique por dez, não, por mil. Eu olhei para o traje de banho completamente desesperada. Era rosa e roxo e dizia: *Cupcake fofinho!* na frente, e a pior parte é que ele tinha... Ai, Deus, quase não consigo dizer isso... ele tinha um tutu de verdade costurado nele.

De repente, fiquei muito furiosa com minha mãe por ter me comprado um maiô tão estereotipado em termos de gênero para começar. Sério, se ela quer me criar para ser uma feminista, que tipo de mensagem ela passa ao me colocar em um traje de banho rosa com frufru? (Tenho a vaga lembrança de me deitar no chão da loja gritando com ela para que o comprasse para mim... mas, ainda assim, ela deveria ter negado, certo?)

> **Cereais**

> COMPRE AQUELE MAIÔ DE CUPCAKE OU EU VOU MORRER!!!

Amber e Poppy começaram a bater na porta do meu vestiário.

— Lottie, vamos! — disse Amber.

— Você já colocou seu biquíni? — perguntou Poppy. — Estamos prontas para ir!

Biquíni?!?! A coisa só piora, não é?

— Eu... eu estou com um problema — respondi.

— Você ficou menstruada?! — perguntou Poppy.

— Não. Nada disso. É que eu acidentalmente peguei um dos meus maiôs velhos e, ahn... não acho que vai servir. Então não vou poder ir nadar.

— Não seja boba! — disse Amber. — Maiôs são elásticos. Vai servir. Rápido, Lottie. Estamos perdendo tempo. Coloque logo isso e vamos.

Eu não sabia o que fazer, então obedeci e o vesti. Estava apertado, mas entrou.

Depois, eu destranquei a porta e saí devagar. Amber e Poppy estavam devastadoramente maravilhosas em seus biquínis estilosos, o que tornou tudo **AINDA PIOR**. Elas levaram cerca de quinze minutos para parar de rir.

Quando finalmente chegamos à piscina — comigo tentando me esconder atrás de paredes e de outras pessoas o máximo que consegui — adivinha quem estava lá? Theo, Daniel, Tom e Seb! Eles estavam próximos ao tobogã e estavam olhando diretamente para nós.

Amber começou a rir.

— Ah, não contamos para você que os garotos normalmente vêm nadar sábado de manhã?

Ahn... não, **NÃO CONTARAM!**

E agora todos eles tinham me visto assim:

O terror absoluto
↓↓↓

Só havia uma coisa a fazer: eu pulei na piscina o mais rápido que consegui para esconder meu maiô da vergonha dos olhares do público. E então fiquei ali por mais de uma hora, enquanto Amber e Poppy ficaram perto dos garotos, que estavam praticando mergulhos.

Só saí quando tive certeza absoluta de que todos os garotos tinham ido embora. A essa altura eu estava congelando e parecia uma ameixa seca.

— Lottie, não acredito que você se escondeu lá no fundo o tempo todo — disse Amber quando estávamos indo embora. — Não é por que você realmente gosta do Daniel, né?

Meu rosto começou a queimar.

— Minha nossa, ela está ficando vermelha! Ela gosta dele! Ela gosta dele! — gritou Poppy.

Elas começaram a cantar *Lottie ama Daniel* durante o caminho para casa, então tenho certeza de que a escola toda vai saber disso na segunda-feira. Eu realmente espero que Daniel não tenha me visto naquele maiô.

Acho que provavelmente vou precisar de terapia para superar isso quando eu for mais velha. ☹

18h20

Em casa. Contei para minha família o que aconteceu, pensando que eles seriam, de alguma forma, solidários, mas não. Todos acharam completamente hilário. Traidores.

Pedi para minha mãe que me comprasse um biquíni. Também cortei o maiô de cupcake em pedacinhos e o joguei no lixo, para garantir que isso **NUNCA** mais aconteça.

SEGUNDA-FEIRA, 29 DE NOVEMBRO

Parece que talvez os meninos tenham me visto.
    Adeus, Cabeça de Sucrilhos. Foi bom te conhecer.

Ah, ela não é fofa?

Fofa como um cupcake!

PENSAMENTO DO DIA:
Eu me pergunto como é ter pessoas que se referem a você pelo seu nome de verdade, em vez de itens de padaria ou docinhos.

TERÇA-FEIRA, 30 DE NOVEMBRO

16h25

PAREM AS MÁQUINAS!
DANIEL PEDIU PARA ME SEGUIR NAS REDES SOCIAIS E ME MANDOU UMA DM!!!

Desculpe pela gritaria. Vou parar.

A mensagem dizia:

> Só para constar, eu achei que você estava fofa no sábado. 😊

MEU DEUS!

Eu não sabia o que fazer, então joguei meu celular longe e gritei. Mamãe veio até o meu quarto para ver o que tinha acontecido.

Eu contei a ela que estava tendo um colapso nervoso porque um garoto havia me mandado uma mensagem, o que ela achou hilário.

18h30

Passei duas horas pensando em uma resposta. Aqui vão algumas que estavam na lista:

* **VOCÊ É CEGO OU SÓ IDIOTA?!** (grosseira, não?)

* Acho que você quis dizer que eu parecia uma bailarina maluca? (Isso pode encorajá-lo a me imaginar naquele maiô horroroso outra vez. Não!)

* Obrigada. Você também estava fofo. (Muito interessada.)

Então decidi mandar:

> Haha. Obrigada. Foi legal ver você. ☺

(Fiquei vinte minutos pensando se deveria mandar um beijo ou um emoji de sorriso. Decidi pelo sorriso, já que um beijo parecia muito romântico e não tenho certeza de que quero dar essa impressão a ele ainda.)

18h37

Ele *JÁ* respondeu!
Isso foi o que ele mandou:

> ☺ Bjo

Um sorriso *E* um beijo! O que isso poderia significar?!?

QUARTA-FEIRA, 1º DE DEZEMBRO

Não acredito que já é dezembro. O início da temporada de festas. Uma época de alegria e felicidade.

Exceto que todo o Sétimo Verde ainda se diverte muito me chamando de Cupcake Fofinho, e mamãe me comprou um daqueles calendários do advento de uma marca barata com chocolates que têm gosto de sabão. Eu tinha especificado o calendário que eu queria! ☹

Mas Toby não pareceu se importar. Ele levantou às 5 da manhã e devorou o dele de uma vez só. O garoto claramente não tem bom gosto.

Terminei. Posso ganhar outro?

Mamãe não ficou tão irritada quanto achei que ficaria. Ela só disse:

— Bom, é ele quem vai se arrepender quando não tiver nada para abrir amanhã.

Honestamente, aquele garoto se livra de tudo.

Ah, além disso, adivinha? Daniel sorriu para mim no corredor hoje! Eu me senti um pouco zonza. Você acha que isso significa que ele gosta de mim de verdade?

Não posso contar para Amber e Poppy, pois sei que elas apenas dariam risada. Às vezes eu realmente queria que Jess e eu ainda nos falássemos.

QUINTA-FEIRA, 2 DE DEZEMBRO

Mamãe estava certa. Toby está em um profundo estado de arrependimento agora.

Já que eu não gosto do chocolate do meu calendário, decidi vender para ele um bombom por 25 centavos por dia. Assim posso gastar os 25 centavos em um chocolate da banca de jornal a caminho da escola. Toby é muito burro para perceber meu truque esperto. Não sou só um rostinho bonito, hein?

Enfim, de volta às notícias empolgantes, porque a fofoca que corre é que Jess e Theo agora são um casal!

Leah contou pra Mia, que contou pra Lilly, que contou pra Millie, que contou pra Chloe, que contou pra Zoe, que contou pra Miley, que contou pra Kylie, que contou pra Amber, que me contou (acho que foi assim), que viu os dois se beijando no corredor da aula de ciências.

Quer dizer, isso não parece muito com algo que a Jess faria, mas não dá para duvidar muito da palavra de nove testemunhas oculares, dá?

Amber passou o almoço todo chorando no banheiro. Ela disse que não acredita que a Jess está "esfregando a felicidade deles" na cara dela e que Jess deveria ter muito mais respeito pelos seus sentimentos.

Tenho que admitir que também estou chocada. Jess sabia o quanto Amber gostava do Theo, então parece muito indelicado da parte dela ficar com ele tão rápido.

Amber disse que tem um plano. Poppy e eu vamos nos encontrar com ela às 8h30 amanhã.

Estou com medo de ir, mas também com muito medo de não ir.
GULP.

SEXTA-FEIRA, 3 DE DEZEMBRO

Quando cheguei à sala esta manhã, Amber e Poppy já estavam lá. Elas tinham escrito **JESS AMA O THEO** em letras grandes na lousa e não paravam de rir.

— Ótimo, você chegou. Você precisa desenhar os dois se beijando no corredor de ciências aqui embaixo — disse Amber.

— Sim, desenhe. Você é a artista! — disse Poppy.

Meu estômago revirou.

— Não tenho certeza... — eu disse. Isso não parecia nem um pouco correto.

— É apenas uma zoação — disse Amber. — Todo mundo achará a maior graça. Vamos apagar antes que o senhor Peters chegue, eu prometo.

Eu queria sair correndo da sala, mas não podia dizer não, podia? Se eu não tivesse Amber e Poppy, eu não teria amigo nenhum.

— Ok... — respondi, pegando a caneta. — Mas temos que apagar logo.

Isso foi o que eu desenhei. Devo admitir que fiz um ótimo trabalho, mesmo que seja eu mesma dizendo isso!

— Vamos, rápido! Sente lá antes que todo mundo entre — ordenou Poppy.

— Mas temos que apagar — eu disse.

— Sim, vamos apagar antes do senhor Peters chegar — disse Amber. — Senta lá.

Todas as crianças começaram a chegar. Assim que viram o desenho, começaram a rir, uivar e fazer barulhos de beijos.

Foi muito bom ver todo mundo rindo do meu desenho. Mas isso foi antes da Jess chegar. Quando ela entrou na sala, todo mundo caiu na gargalhada. Ela pareceu tão confusa.

— Olhe atrás de você, Jess! — alguém gritou.

Ela se virou e olhou para a lousa, logo em seguida baixou a cabeça. Parecia que estava prestes a cair no choro. Ela correu até seu lugar e começou a mastigar as mangas de seu blazer, assim como eu faço quando estou ansiosa.

Eu sabia que ela reconheceria o desenho como sendo meu. Eu me senti a pior pessoa do mundo.

Corri até a frente da classe e agarrei o apagador, então comecei a apagar o desenho, mas eu mal tinha começado quando o Sr. Peters chegou. Ele olhou para a lousa, depois para Jess, que estava segurando o choro, e então olhou para mim, que segurava o apagador.

— Lottie, você é a responsável por isso? — perguntou ele com uma voz superséria.

A sala ficou em silêncio. Olhei para Amber e Poppy, as duas abaixaram a cabeça.

— Eu...eu... — olhei para minhas mãos, que estavam marcadas de canetinha.

Fui pega no pulo, literalmente em flagrante.

Não havia nada que eu pudesse fazer, então concordei com a cabeça. Estava muito envergonhada para falar.

Sr. Peters suspirou e pareceu muito decepcionado.

— Fique depois da aula — disse ele. — Agora vá se sentar. Jess, gostaria que você ficasse também.

— Sim, senhor — ela sussurrou.

Depois da aula, quando o resto da turma se levantava para ir embora, eu secretamente esperei que Amber e Poppy ficassem na sala também, mas Amber apenas sussurrou no meu ouvido enquanto passava:

— Lembre-se de que ninguém gosta de um dedo-duro.

— Do que se trata isso? — perguntou Sr. Peters quando todos já tinham ido embora.

— Era para ser uma brincadeira, senhor — respondi.

— Você acha que a Jess achou engraçado?

— Não, senhor.

— Bom, você gostaria de se desculpar?

— Eu sinto muito, Jess — eu disse. — Não sei por que fiz isso. Gostaria de poder voltar atrás.

Eu realmente queria.

— Ok — sussurrou Jess sem olhar para mim.

Muito bravo ↙ *Muito triste* ↓ *Muito, muito decepcionada* ↙

— Isso não parece coisa sua, Lottie — disse Sr. Peters. — Foi ideia sua? Se alguém mais está envolvido, eu acho que seria uma boa ideia confessar agora.

— Não, senhor... — eu disse. — Fui só eu.

— Então receio que vou ter que colocá-la na detenção durante o almoço todos os dias da próxima semana. Se algo do tipo acontecer outra vez, ligarei para os seus pais. A escola tem uma política antibullying muito rigorosa. Fui claro?

— Sim, senhor.

— Certo, podem ir, vocês duas.

Após deixarmos a sala, tentei falar com a Jess, mas ela só me deu de ombros e saiu correndo.

Eu me senti horrível pelo resto do dia.

Eu não faço bullying, faço?

Poppy e Amber pareciam não entender. Poppy apenas disse:

— Se alegre, Lottie. Você só pegou uma detenção. Não matamos ninguém!

— Mas nem foi ideia minha — respondi.

Amber deu um enorme suspiro e balançou a cabeça.

— Eu não sabia que você era tão criança, Lottie. Vê se cresce!

Parecia que ela tinha me dado um tapa na cara. Poppy também balançou a cabeça e elas foram embora juntas e me deixaram ali sozinha.

Pensei que elas deveriam ser minhas amigas. Mas se fossem amigas de verdade, elas não me deixariam levar a culpa sozinha, né? É como se tivessem me jogado debaixo de um ônibus.

Quero muito falar com a Molly, já que ela sempre me dá os melhores conselhos, mas as coisas parecem diferentes entre nós ultimamente. É como se tivéssemos nos distanciado e eu tivesse perdido minha melhor amiga também.

(18h23)

Mamãe e papai sabem.

Aparentemente detenções aparecem naquele aplicativo idiota da escola que eles basicamente usam para nos *stalkear*.

O pior de tudo é que eles nem pareciam bravos. Apenas disseram que *estavam muito decepcionados*, o que, de certa maneira, pareceu ainda pior. Eles disseram que decepcionei todo mundo, inclusive eu mesma.

Nem posso discutir com eles, pois sei que estão certos.

Como punição, estou de castigo e **MUDARAM A SENHA DO WI-FI** (essa é a verdadeira punição).

> EU faço qualquer coisa, mas, por favor, pelo amor de Deus, não tirem meu Wi-Fi.

O que eu faço comigo mesma agora? Sério, aqueles tutoriais de maquiagem não vão se assistir sozinhos, vão?

Pobre de mim.

SÁBADO, 4 DE DEZEMBRO

Sem amigas. Sem celular. Sem internet. **SEM REDES SOCIAIS**.

Não consigo nem sentir pena de mim mesma vendo como as outras pessoas são felizes nas redes sociais. Isso é uma forma de tortura.

Não tive notícias da Poppy ou da Amber. Pensei que talvez elas ligariam para ver como eu estava. Talvez tenham mandado mensagem no WhatsApp? Mas não posso checar, posso?

É estranho. Agora tenho todo o tempo do mundo para escrever no meu diário, mas não tenho nada de interessante para contar.

DOMINGO, 5 DE DEZEMBRO

9h07

Decidi comer uma banana.

9h14

Terminei a banana. Não estava tão boa como eu esperava. Estava marrom em alguns lugares.

Que decepção

11h14

Roí uma unha, mas acabei roendo demais. Agora está doendo muito!

12h13

Há 237 bolinhas nas cortinas do meu quarto.

13h24

Esquilos são bem legais, não são? Deve ser muito legal poder escalar árvores tão rápido.

14h29

Acabei de passar 45 minutos sonhando acordada com bichos-preguiça. Eles são simplesmente adoráveis! Se eu tivesse que ser um animal, com certeza seria uma preguiça.

14h35

Ou talvez uma orca... ou um panda-vermelho... ou um tigre. GRRRRRRR!

15h55

Se eu fosse uma bolacha, seria recheada de chocolate.

16h02

Mudei de ideia. Eu teria recheio de baunilha.

16h16

O que estou pensando? Eu obviamente não teria recheio!

17h55

Para onde vão as xuxinhas de cabelo? Elas parecem desaparecer no ar! Ganhei um pacote novo com dez na semana passada e agora só me resta uma. Talvez Toby as esteja comendo?

18h15

Comi lasanha no jantar. Uma comida estranha, se você parar para pensar. É basicamente um bolo com sabor de espaguete, não é?

19h49

Meu Deus, o que as pessoas faziam antes do Wi-Fi ser inventado?!? A vida deveria ser muuuuito chata!

20h15

Comecei a pensar em como o espaço é gigante e fiquei realmente assustada. Acho melhor eu ir dormir agora. Boa noite!

SEGUNDA-FEIRA, 6 DE DEZEMBRO

Hoje foi um dia longo e monótono na escola.

Peguei Daniel me olhando na aula de Ciências por cima de um queimador do laboratório (bico de Bunsen), e ele me deu uma espécie de sorriso com pena. Acho que ele é #TIMEJESS. Ou talvez ele nunca tenha gostado de mim.

Tive detenção na hora do almoço. Sr. Peters me fez escrever 200 vezes a frase *"Eu não devo trazer meus dramas de amizade para a sala de aula"*, o que me pareceu um pouco condescendente.

Exceto nas aulas, eu mal vi Amber e Poppy. Pensei que talvez elas fossem me esperar no final do dia, mas quando saí da última aula, elas não estavam em lugar nenhum, então tive que voltar para casa sozinha.

QUARTA-FEIRA, 8 DE DEZEMBRO

Sr. Peters me deu um problema de matemática para resolver na detenção hoje.

Bernardo tem 130 balões.

2/3 dos balões azuis estouraram.

2/5 dos balões vermelhos estouraram.

Agora há 36 balões vermelhos a mais do que azuis.

Quantos balões sobraram no total?

Isso fez minha cabeça querer explodir!

O QUE EU QUERO SABER É:

* Para começar, por que Bernardo tem uma quantidade tão grande de balões?

* Como Bernardo conseguiu estourar tantos deles? Ele parece ser descuidado.

* Bernardo não sabe o impacto negativo que balões causam ao meio ambiente?

* E mais importante...

> Ei, Bernardo, por que você não pode contar seus próprios balões?!

Sr. Peters disse que não podemos responder questões de matemática com mais perguntas, mas pude notar que ele estava tentando não rir, então acho que ele gostou um pouco das minhas respostas.

> Você está tentando ser espertinha, senhorita Brooks?

> Eu, senhor? Nunca.

QUINTA-FEIRA, 9 DE DEZEMBRO

Um poema feito por Lottie Brooks, 12 anos.

Os dias parecem infinitos.
Meu KitKat Chunky tem um gosto amargo.
Ainda não tenho seios.

PENSAMENTO DO DIA:
Estou tão entediada e isolada que estou escrevendo poesia! O que eu me tornei?!

SEXTA-FEIRA, 10 DE DEZEMBRO

Quase não falei com ninguém na escola a semana toda, além do Sr. Peters, mas professores não contam como pessoas de verdade, contam?

Todo dia, depois das aulas, procurei por Amber e Poppy, e todos os dias elas nunca estavam em lugar nenhum. Elas sabem que estou presa na detenção. É como se elas nem se importassem... o que parece muito injusto, já que é parcialmente culpa delas eu estar lá.

Para piorar, o golpe do chocolate infelizmente acabou. Mamãe pegou Toby esvaziando seu porquinho e ele me dedurou. Mamãe disse que devo dois reais para Toby e que isso vai sair da minha mesada.

Tempos tristes.

SÁBADO, 11 DE DEZEMBRO

Pelo visto, ficar de castigo inclui apenas não ter permissão para sair e ver seus amigos. Os dias em família ainda são obrigatórios.

Hoje fomos visitar o Papai Noel, porque meus pais aparentemente se esqueceram de que, agora que tenho doze anos, não acredito mais que a Oficina do Papai Noel está localizada no shopping center.

Mas eu agi como adulta e fui junto por causa do Toby. Até escrevi uma carta para colocar na Caixa de Correio Especial do Polo Norte porque, embora eu seja, de fato, MUITO cética, não quero azarar nada, né?

Caro P.N.,

Fui uma boa garota este ano (no geral), por favor, você poderia fazer/ comprar/ seja lá o que você faça, isso por mim:

1. Uma máquina de frappuccino;
2. O último Iphone com um plano de dados ilimitados;
3. Meu próprio cartão de crédito;
4. Um transplante de personalidade para meu irmãozinho;
5. Algum tipo de sinal da puberdade, qualquer coisa serve, exceto odor corporal;
6. Um fornecimento vitalício de KitKat Chunkys;
7. Amigas que gostem de mim de novo.

Obrigada, bom homem. Com amor, Lottie. Beijos.

DOMINGO, 12 DE DEZEMBRO

Após o jantar, mamãe me devolveu meu celular.

Eu o liguei, a tela se acendeu e eu conferi todos os aplicativos em busca de notificações para ver o que eu tinha perdido.

Primeiro, abri minha rede social. Vi uma selfie da Amber e da Poppy no Starbucks e a legenda dizia: **UM MOMENTO INCRÍVEL COM MINHA BESTIE! #AMIGASPARASEMPRE.**

Conferi o WhatsApp duas vezes. Sem mensagens.

Fiquei sozinha em casa o final de semana todo e elas saíram juntas e se divertiram como se nada tivesse acontecido. Elas não vieram me ver nem mesmo mandaram uma mensagem para ver se eu estava bem...

Continuei olhando as redes sociais. Vi uma foto de Jess e Florence no parque, sorrindo para a câmera. Vi uma foto de Molly e Isla deitadas sobre uma boia inflável na piscina. Vi Theo e Daniel usando cachecóis e comendo batatas fritas em uma partida de futebol. Vi Liv exibindo unhas rosa-choque e laranja neon. Vi fotos de todas as celebridades que eu sigo parecendo superglamorosas, e a tela começou a ficar borrada, então percebi que eu estava chorando.

As notificações continuavam apitando, então deixei meu celular longe e fui me deitar.

Gostaria de nunca o ter recuperado. Ele só fez com que eu me sentisse supersolitária.

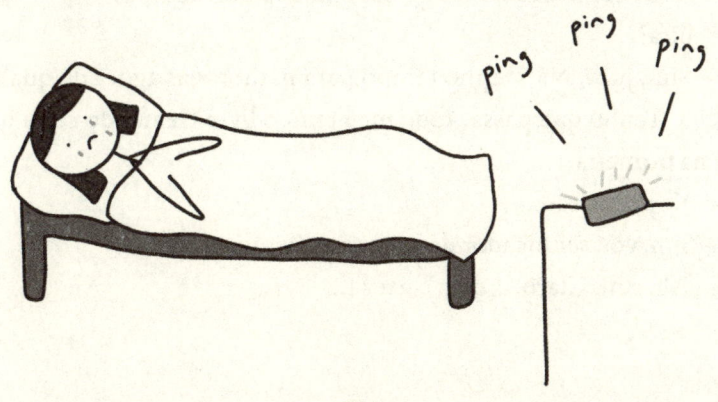

TERÇA-FEIRA, 14 DE DEZEMBRO

Os últimos dias foram muito difíceis.

Amber e Poppy estão me ignorando totalmente, e eu simplesmente não entendo o porquê. Toda vez que elas me veem, elas se viram e vão embora, rindo. Não tenho ideia do que eu deveria ter feito. É como se tivessem conseguido o que queriam e agora não têm mais interesse em mim.

Eu conquistei tudo o que queria e agora voltei a comer meus sanduíches sozinha no banheiro outra vez.

Eu vi Theo a caminho de casa. Tentei manter minha cabeça abaixada, mas ele claramente estava me procurando.

— Ei, Garota Pepino! — gritou ele.

— Ah, oi — eu disse, tentando parecer supercasual. — Na verdade, agora é Cupcake fofinho, mas você ainda pode me chamar de Garota Pepino se quiser...

— Você sempre será um pepino para mim — disse ele, rindo.

Eu sorri e comecei a me afastar.

— Não é verdade, viu? — ele gritou para mim.

— O que não é verdade?

— Eu e Jess... sabe... é só uma história idiota que a Amber inventou.

— Mas a Amber disse...

— A Amber mentiu. Eu e a Jess somos apenas amigos.

— Jura?

— Sim, juro. Não tenho tempo para namoradas agora de qualquer maneira. Tenho que passar todo meu tempo livre treinando se eu quero jogar na primeira.

— Na primeira?

— Sim, vou ser jogador da primeira divisão.

— Ah, sim. Claro... com certeza...

— Você não parece convencida, Garota Pepino. Observe. — Ele piscou para mim.

E então saiu correndo, fazendo embaixadinhas no caminho. Ele estava melhorando, mas ainda não estava nem perto de ser bom como a Jess.

— Ah, Theo — eu o chamei. — Só queria dizer... me desculpe. É isso.

— Tudo certo, Garota Pepino. Mas talvez você deva dizer isso para a Jess.

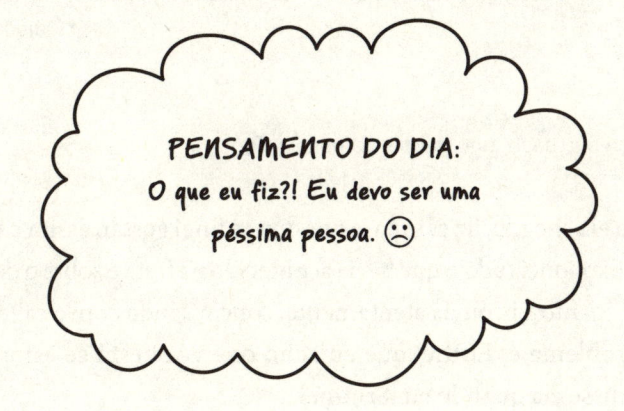

> PENSAMENTO DO DIA:
> O que eu fiz?! Eu devo ser uma péssima pessoa. ☹

QUARTA-FEIRA, 15 DE DEZEMBRO

Decidi mandar uma mensagem de emergência para Liv.

> **EU:** SOS! Eu fiz besteira e não tenho mais amigas. Preciso de você como minha gerente de Relações Públicas. Por favor, me ajude! Bjos.

> **LIV:** Passo na sua casa logo depois da escola! Bjos.

Quando ela chegou, fiz café para nós duas e fingi gostar, assim como da última vez. Expliquei tudo o que havia acontecido na festa e sobre o desenho na lousa, enquanto Liv ouvia atentamente, concordando com a cabeça.

— O problema é, Lottie, que eu acho que você está se esforçando demais — disse ela quando eu terminei.

— Eu só queria ser popular — disse, com tristeza.

— Mas por que você acha que Amber e Poppy são populares?

— Como assim?

— Tipo, elas não parecem muito legais. Parece que elas só são populares porque as pessoas têm medo delas. Você realmente quer amigas assim? É assim que você quer que as pessoas te vejam?

— Não! Eu nunca iria querer isso.

— E por que você acha que a Jess é popular?

— Porque ela é legal, engraçada e é gentil... Ah.

E, de repente, tudo começou a fazer sentido. Eu estava tão obcecada tentando ser popular que eu me esqueci de fazer amizade com pessoas de quem eu realmente gosto e que realmente gostam de mim.

— Lottie, por que você faz careta toda vez que toma um gole de café? — perguntou Liv, interrompendo meus pensamentos.

— Porque... bom... na verdade, eu não gosto muito...
— Então por que está bebendo?!
— Porque acho que eu queria que você pensasse...
— É exatamente isso o que estou tentando dizer! Seja você e pare de se esforçar tanto. É muito mais fácil.

QUINTA-FEIRA, 16 DE DEZEMBRO

Mais conhecido como: o pior dia de todos.

Acordei me sentindo confiante em relação a tudo hoje. Ou, pelo menos, ok. Pensei que talvez pudesse tentar resolver algumas coisas, mas o dia começou mal e foi ficando cada vez pior.

Primeiro, um pássaro fez cocô na minha cabeça a caminho da escola. Tentei limpar no banheiro, mas era bem difícil sem xampu, então fiquei com o cabelo cheio de cocô o dia todo.

Depois, fiz pão na aula de economia, e não sei como, mas ele ficou parecendo um par de seios grandes. Até os pães estão zombando do meu corpo de tábua!

Por que esse tipo de coisa sempre acontece comigo?!?

Em seguida, descobri que papai tinha trocado meu sanduíche com o de Toby, então, em vez do meu queijo habitual, comi um de pasta de amendoim e geleia. (Não estou brincando. É isso o que ele come!)

Depois, tivemos ioga na aula de educação física e eu soltei um pum (bem alto) enquanto fazia a posição do cão. Provavelmente por causa do sanduíche de amendoim e geleia que eu tive que engolir. (Eu estava faminta, está bem!)

Amber estava no colchonete logo atrás de mim e gritou:
— AI, LOTTIE! ISSO É TÃO NOJENTO! O QUE VOCÊ ANDA COMENDO?!

Então a classe toda começou a gargalhar e abanar o ar ao redor. Minhas bochechas ficaram tão vermelhas que mal pude negar que tinha sido eu. Cruzei meu olhar com o de Jess e a vi rindo junto com todos os outros, e isso me magoou de verdade.

Amber, Poppy e Jess: nenhuma delas quer mais ser vista comigo.

E Molly tem uma nova vida empolgante com a qual nem posso competir.

OBS.: Comemos um pouco do meu pão de seios no jantar e todo mundo achou uma delícia, então talvez seja uma coisa boa do dia de hoje. Toby até disse:

— Esse é o melhor pão de peito que já comi na vida.

SEXTA-FEIRA, 17 DE DEZEMBRO

Hoje foi o último dia de escola, e eu estava muito feliz por isso. Terminei o semestre totalmente sem amigos e a culpa é só minha.

Fiquei tão obcecada em ser popular que passei a ser uma Maria vai com as outras. Mas eram todas amigas da onça, melhor dizendo.

Poppy e Amber foram embora de braços dados. Jess e Theo foram jogar futebol. Daniel disse um rápido:

— Tenha um bom Natal, Lottie.

E eu voltei para casa sozinha, como todos os dias.

Para piorar as coisas, começou a chover muito, e meu casaco não tinha capuz e eu não tinha guarda-chuva. Comecei a correr para casa o mais rápido que pude, mas minha mochila estava tão pesada com todos os meus livros que ela rasgou e a fivela da alça se soltou, acertando meu rosto! Doeu muito mais do que você pode imaginar.

Eu abri a porta parecendo um rato ensopado, com o rosto sangrando, e quando mamãe me viu, exclamou:

— Lottie! Ah, querida, o que aconteceu?

E então eu comecei a chorar e não conseguia parar.

Mamãe disse que iria fazer um chocolate quente para que eu me aquecesse e me entregou uma toalha e um pijama limpo. Acontece que estávamos sem chocolate quente E leite E marshmallows, então, em vez disso, tive que tomar água quente com limão e açúcar (o que era relativamente agradável, na verdade).

Quando eu estava aquecida e seca de novo, com uma toalha ao redor da minha cabeça e aconchegada debaixo de um cobertor quentinho, mamãe perguntou por que eu estava tão triste.

— Ninguém gosta de mim. Todo mundo ri de mim — eu respondi.
— Não tenho amigos, tenho pernas finas, um cabelo sem graça, nenhuma personalidade e...e... eu sou uma grande bobona peidorreira.

— Pare com isso, Lottie, por favor. Você sabe o quanto eu fico triste ao ouvir você dizer essas coisas sobre si mesma? Sabe como é difícil escutar que você não consegue enxergar como é incrível? Sabe como tenho orgulho de você? Você é esperta e gentil, e é tão engraçada! Você nos faz rir todos os dias, Lottie. Você é tão linda, é linda porque você é você, por causa do seu narizinho e de suas sardas, que eu adoro, e seus olhos são tão azuis que eu poderia nadar neles. Eu amo você do jeito que você é, e qualquer pessoa que não consiga ver como você é incrível não vale suas lágrimas. Eu juro.

Então ela me deu um KitKat Chunky para me animar, e eu contei a ela sobre Jess e todos os erros que eu tinha cometido, e mamãe prometeu me ajudar.

Depois me senti muito melhor a respeito de tudo. Mesmo eu parecendo uma bagunça de chocolate e lágrimas.

Mamãe, acho que eu te amo mais do que KitKat Chunky...

Ahhh, obrigada, meu amor!

PENSAMENTO DO DIA:
Eu honestamente não sei o que faria sem KitKat Chunky. Eles me ajudaram a passar por momentos muito difíceis. Se eu tivesse que classificá-los em relação aos membros da minha família, a lista provavelmente ficaria assim:

1. Mamãe

2. KitKat Chunkys

3. Papai

4. Professor Bernardo Guinchinho e Bola de Pelo, o terceiro.

5. Toby.

SÁBADO, 18 DE DEZEMBRO

(10h45)

No café da manhã, mamãe anunciou:

— Tenho uma surpresa para todos vocês. Vamos patinar no gelo no Pavilhão Brighton!

Não era uma *ótima* surpresa, já que nenhum de nós gosta muito de patinar no gelo. Na verdade, alguém gosta de patinar no gelo?! Quer dizer, é realmente difícil, você acaba caindo de bumbum o tempo todo, é gelado, os patins sempre machucam seus pés, e ainda há a preocupação de que seus dedos sejam cortados pelas lâminas de outra pessoa. (Não tenho certeza se isso já aconteceu, mas ainda assim, parece um grande risco se você valoriza seus dedos. Eu valorizo.)

Mamãe provavelmente está feliz com isso porque está grávida, então ela não vai precisar andar de patins. Em vez disso, vai ficar tirando fotos e tomando algo quentinho no conforto da cafeteria, depois vai postar as fotos nas redes sociais para mostrar que família feliz e saudável nós somos!

(18h59)

ESTOU TÃO FELIZ!!!!!

Hoje foi o **MELHOR DIA DE TODOS**. Bom, talvez não tão bom quanto 6 de junho de 2018, quando acertei o palpite mais próximo do número de chicletes em um pote enorme (1.518) e ganhei o prêmio! Foi épico.

> É MAIOR DO QUE A MINHA CABEÇA!!

Mas, ainda assim, chegou bem perto.

Chegamos ao pavilhão logo após o pôr do sol. Ele estava todo iluminado com luzes rosas e roxas, muito lindo e natalino. Eu ainda estava tentando ficar de mau humor, então coloquei os patins e entrei emburrada no rinque de gelo. E adivinhe quem estava lá? Jess!

Minha mãe, essa malandra sorrateira, tinha ligado para a mãe de Jess e organizado um encontro entre nós.

De início, fiquei: *AI, NÃO! A Jess está ali. Tenho que encontrar um lugar para me esconder,* mas Roxanne já tinha me visto e estava acenando para mim.

Não havia muito o que eu pudesse fazer a não ser patinar lentamente (e muito mal) até elas. De repente, fui atropelada por um adolescente patinando a mais de 160km/h. Eu caí de bunda, bem aos pés de Roxanne. Foi supervergonhoso!

— Lottie — disse ela —, sentimos tanto a sua falta! Você está bem? — Ela me levantou e me abraçou.

— Estou bem. — Sorri, tentando ignorar meu bumbum machucado.

— OTTIE, BRAÇOS! — disse Florence, agarrando minha perna. Eu a abracei e foi muito bom. A família de Jess sempre foi acolhedora comigo. Eu não percebi como sentia falta delas.

— Oi, Jess — eu disse, nervosa, sem conseguir olhar em seus olhos.

— Oi, Lottie — respondeu ela, arrastando os patins no gelo.

— Vou deixar vocês duas conversando. Tenho que achar um pinguim para ajudar Florence a patinar — disse Roxanne.

Jess pareceu aterrorizada. Acho que ela não estava envolvida no esquema descarado de nossas mães.

Foi muito estranho. Tinha tanta coisa que eu queria dizer, mas não tinha ideia de como pronunciar as palavras.

— Não acredito que elas armaram isso... — eu disse finalmente.

— Eu sei! Achei que mamãe estava agindo de maneira estranha... — disse Jess.

— Sério, quem elas acham que são, interferindo em nossas vidas assim?

— Eu sei! Quantos anos elas acham que temos? Cinco?!

Nós rimos, e depois ficamos em silêncio outra vez por um minuto antes de abrirmos a boca e falarmos ao mesmo tempo:

— Me desculpe!

— Eu que peço desculpas — falei. — Nunca deveria ter escolhido ser amiga de Amber e Poppy em vez de ser sua amiga. E eu me sinto péssima por ter feito aquele desenho estúpido. É que elas disseram que você só era minha amiga porque sentia pena de mim...

— Eu nunca disse isso! Eu adoro ser sua amiga, Lottie!

— Sei disso agora. Eu fui tão boba de acreditar nelas... eu queria tanto fazer parte do grupo delas que não vi como elas são más. Eu estava com medo de ser Maruja Pernas de Lagostim de novo.

— Lottie, do que você está falando? Quem é Maruja Pernas de Lagostim?!

— É uma longa história!

— Tá bem. Mas eu adoraria ouvir essa história um dia — disse Jess, sorrindo. — E sinto muito também por não falar com você na semana passada quando eu sabia que você estava passando por momentos difíceis, e por rir de você quando... você sabe... na ioga.

— Quando eu soltei um belo pum, você diz? — comentei, e nós duas rimos.

— Eu senti muito a sua falta, Lottie.

— Eu também senti muito a sua falta, Jess.

E, assim, éramos amigas de novo. Patinamos de braços dados até terminar o nosso tempo. Além disso, com um pouco de prática, descobrimos que éramos muito melhores do que nos lembrávamos. Parecíamos patinadoras profissionais.

> Nós somos muito boas nisso.

> Somos melhores do que boas, somos incríveis!

PENSAMENTO DO DIA:
Talvez eu possa ser patinadora profissional?!*
Assim eu poderia largar a escola e viajar o mundo em um daqueles ônibus enormes que as celebridades têm, com camas e geladeiras e tal.

* Procurei no Google e, aparentemente, eu deveria ter me matriculado em uma escola de patinação aos quatro anos. Então, obrigada, Mamãe e Papai, por não notarem meu potencial mais cedo. Gostaria de ter pais insistentes... os meus parecem satisfeitos em me deixar agir por instinto.

SEGUNDA-FEIRA, 20 DE DEZEMBRO

Vovó e vovô estão vindo passar o Natal aqui em casa. Isso é muito bom para mim, já que eles sempre compram ótimos presentes para mim e para o Toby. Não é tão bom para mamãe, pois, de acordo com ela, a vovó *critica literalmente tudo o que eu faço*. Já o vovô é tranquilo, pois ele não faz outros barulhos além de roncar ou resmungar.

Mamãe já está estressada demais por conta do peru, o que é ridículo. Eu não entendo por que os adultos ficam tão estressados com o peru no Natal. Ninguém quer comer peru no resto do ano, então por que ficar louco por conta dele no Natal?! Nem é tão gostoso e custa dez vezes mais do que um frango. Por alguma estranha razão, você precisa fazer o pedido com semanas de antecedência, mas sempre que vamos ao supermercado há centenas deles nas prateleiras. Vai entender. Sempre que eu menciono alguma dessas coisas para mamãe, ela não é capaz de me dar respostas lógicas. Só diz:

— Ah, você vai entender quando for mais velha, Lottie — e então balança a cabeça. Bizarro.

Eu não vou entender quando for mais velha. Vou servir pizza congelada, já que prefiro muito mais isso do que a ceia de Natal. É mais rápido, mais fácil, mais barato e todo mundo fica satisfeito!

Talvez eu compre aquelas pizzas chiques da pizza Express e dê uma pizza inteira para cada, caso as pessoas pensem que estou sendo mão-de-vaca. Ah... e uma porção inteira de pãezinhos de alho também. É Natal afinal.

Feliz Natal! Paz, prosperidade e pãezinhos para todos!

TERÇA-FEIRA, 21 DE DEZEMBRO

Parem as máquinas. Algo que vale a pena comentar realmente aconteceu!
   Era apenas outra manhã comum e eu tinha tomado um banho normal e agradável. Percebi pela primeira vez quando estava colocando minha calcinha. Lá estava, um cabelo pubiano! ☺
   Em nome de um esclarecimento completo, ele era muito fino e quase invisível a olho nu, mas ainda assim...
   É oficial. A puberdade finalmente começou.
   Bom, eu preferiria ter seios, mas acho que não dá para escolher.
   Depois de me vestir, desci as escadas e devo ter vagado pela casa parecendo um pouco distraída, pois mamãe perguntou:
   — O que foi, Lottie? Você parece diferente hoje.
   — Diferente como? — perguntei.
   Será que ela podia realmente perceber?
   — Não tenho certeza. Talvez você esteja parecendo um pouco mais madura de repente.
   Eu não tinha certeza se deveria contar a ela, mas então deixei escapar.
   — Mãe, acho que tenho um pelo novo...
   — Como assim, você tem um pelo novo, meu amor? — ela parecia confusa.
   — Você sabe, um novo pelo... lá embaixo.
   Assim que eu contei, imediatamente me arrependi.
   — Aaaaaaah, meu bebê! Não posso acreditar! — ela gritou enquanto me abraçava. — O que faremos para comemorar?
   — Ahn... não sei se precisamos comemorar, mãe. É apenas um único pelo pubiano.
   Eu sabia **EXATAMENTE** o que ela estava prestes a falar.
   — Mas é importante, Lottie! É o início da sua jornada rumo a ser mulher...
   — MÃE! — eu exclamei.

— Tudo bem, me desculpe, meu amor. Não falo mais sobre jornadas, eu prometo.

E nós duas rimos.

No final, concordamos em passar no Starbucks. Eu peguei um frappuccino de morango e um bolinho e mamãe escolheu um latte e um brownie de chocolate.

Estávamos na mesa da cozinha, comendo nossas sobremesas e bebendo nossos cafés quando papai e Toby chegaram em casa.

> Ah, que adorável. O que estamos celebrando?

Lancei um olhar de advertência para mamãe, antes que ela abrisse a boca para lhe contar os detalhes.

— Lottie — disse ela. — Estamos apenas celebrando nossa maravilhosa Lottie.

Essa é a história do dia: eu entrei oficialmente na puberdade e fizemos uma comemoração aos meus pelos pubianos.

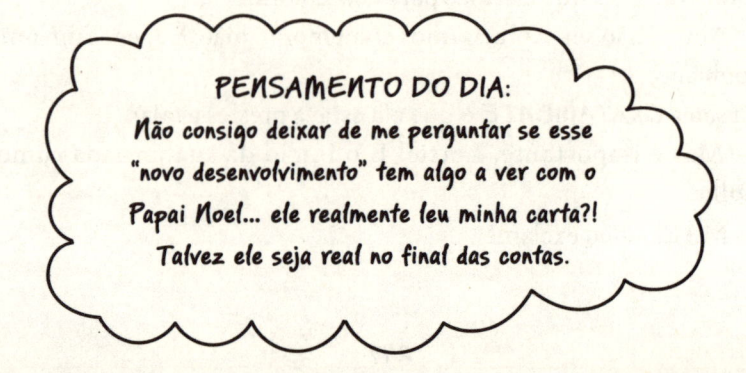

> **PENSAMENTO DO DIA:**
> Não consigo deixar de me perguntar se esse "novo desenvolvimento" tem algo a ver com o Papai Noel... ele realmente leu minha carta?!
> Talvez ele seja real no final das contas.

SEXTA-FEIRA, 24 DE DEZEMBRO
(mais conhecido como véspera de Natal)

(11h03)

Vovô e vovó chegaram. As coisas não começaram muito bem.

> Olá, querida. Você está ENORME!

Mamãe não gosta que as pessoas comentem como ela está **GRANDE** por alguma razão.

Eu, por outro lado, fiquei feliz por ver vovô e vovó, pois eles disseram que eu podia abrir meu presente mais cedo, e adivinha? Fones de ouvido sem fio! Uau! Eu os amei demais! Eu também amo muito vovô e vovó por comprá-los para mim. Meus pais são muito pães-duros.

16h12

Jess e eu acabamos de voltar de nossas compras natalinas. Eu sempre faço as minhas na véspera de Natal e dá tudo certo.

Porém, me deparei com um problema: quando contei o dinheiro no meu cofrinho havia apenas R$ 7,27. Aparentemente gastei todo meu dinheiro em brilhos labiais aromatizados e KitKat Chunkys sem notar. Por sorte, consegui pegar trinta reais "emprestados" com papai e isso foi o que eu comprei:

* **TOBY**: Um feto alienígena de slime e uma geleia em formato de cocô com as cores do arco-íris.

* **PAPAI**: Uma loção pós-barba chamada "HOMEM PICANTE" da loja de um real.

* **VOVÓ**: Um pacote de adesivos para calos e um Jesus que aumenta de tamanho quando colocado na água.

* **VOVÔ**: Um livro chamado *101 coisas para fazer antes de morrer*.

* **HAMSTERS**: Desodorante corporal da Ariana Grande. (Tá bem, talvez seja para mim, mas eles ficariam felizes com um rolo de papel higiênico, então parecia um desperdício comprar qualquer coisa para eles.)

* **MAMÃE**: Uma caneca com a imagem de um dinossauro gigante escrito: GRAVIDOSSAURA. Hilário. Eu acho que ela vai amar.

Então Jess e eu percebemos que não tínhamos comprado nada uma para a outra. Então tivemos a ideia de comprar um colar que guardaríamos para sempre. Olhamos a loja de joias e encontramos um que era perfeito! É um coraçãozinho que se divide em dois, e cada metade tem sua própria corrente, e acho que isso descreve nós duas muito bem, não é?

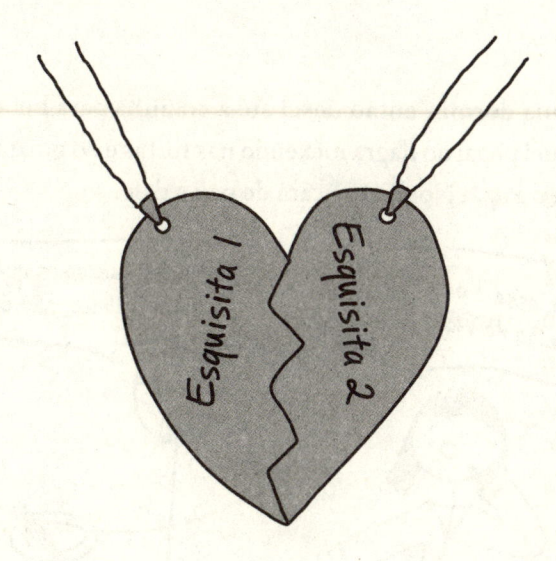

20h32

Tive uma ótima véspera de Natal. Todos nós assistimos *Um Duende em Nova York* com a lareira acesa e comemos muitos enroladinhos de salsicha e torta de carne moída. Eu sinceramente não sei por que os adultos ficam tão estressados por conta do Natal. Eu sempre acho extremamente relaxante.

22h53

Meu Deus, Toby está sendo um pesadelo. Ele não fica na cama porque está muito empolgado. Aposto qualquer coisa que ele também vai acordar às 5 da manhã gritando pela casa toda *ELE PASSOU! ELE PASSOU!* Ele é *TÃO* imaturo.

23h47

Não conseguia dormir, então desci até a cozinha para beber um copo d'água e peguei papai no flagra mexendo nas tortas e no gin que tínhamos deixado para o Papai Noel! Que cara de pau a dele.

> Pai, esse é o Gin & Tônica do Papai Noel!

> Bom, não queremos que ele fique bêbado, não é?

(Veja que ele deixou a cenoura, o que comentarei se ele começar a me encher para eu comer meus legumes amanhã.)

SÁBADO, 25 DE DEZEMBRO
(Conhecido como Dia de Natal)

4h55

Eu sei que está um pouco cedo demais...

10h37

Meu Deus! Posso ter ficado empolgada demais, mas eu ganhei TANTOS presentes incríveis. Meu Deus! Papai Noel, você é o melhor! Quer dizer, mamãe e papai. Ou seja lá quem for que coloca os presentes debaixo da árvore. Eu não me importo com quem os compra, para ser honesta, desde que estejam lá.

ISSO FOI O QUE EU GANHEI:

* Uma câmera polaroid;

* Três pacotes de filme;

* O livro da Greta Thunberg: *Ninguém é pequeno demais para fazer a diferença*;

* Um kit de maquiagem de verdade;

* Vários sabonetes perfumados;

* Pantufas de unicórnio.

MEU DEUS! Eu amo o Natal.

Vovó diz que eu devo parar de dizer Meu Deus, já que é uma blasfêmia e não é adequado falar isso no dia de Natal. Eu não entendo como é uma blasfêmia se eu estou dizendo de uma maneira positiva. É como se eu dissesse *Oh, Deus, muito obrigada por dar vida a Jesus para que pudéssemos ganhar presentes excelentes*, e isso é uma coisa boa, não é?

Vovó diz que ganhar presentes não é o verdadeiro significado do Natal, mas acho que Natal significa diferentes coisas para diferentes pessoas, e, de qualquer forma, ela parecia muito satisfeita com seu aquecedor para pés extra confortável que ela ganhou da mamãe e do papai.

(11h12)

Nem todo mundo está feliz como eu com seus presentes.

Papai comprou para mamãe um livro chamado *O guia consciente para uma gravidez positiva*, cheio de exercícios de relaxamento e técnicas para uma consciência plena que futuras mamães podem utilizar para evitar o estresse. Para mim, pareceu um presente muito atencioso, mas mamãe parecia querer bater na cabeça do papai com ele. Mais uma prova de que ela precisa deste livro!

Ele também deu a ela um novo *fouet*, mas ela não pareceu gostar disso também.

— É um fouet.

— Sim! Eu notei que o antigo estava amassado!

15h34

Pobre mamãe, não está tendo um ótimo dia. Ela parecia um pouco triste no almoço, porque o peru não estava tão suculento como ela esperava. Por sorte, vovó estava lá para informar isso a todos, para que mamãe possa cozinhar melhor no próximo ano.

— Ah, querida, está um pouco seco, não é? Você poderia me dar um pouco de água para ajudar a descer?

— Eu odiei o meu. Posso ir jogar videogame?

Eu sabia que deveríamos ter comprado pizza!

Depois do jantar, mamãe disse que ia se deitar em um quarto escuro e nos disse para não a incomodarmos, a menos que fosse urgente. E não, perguntar a ela se tínhamos mais salgadinho não se encaixa na categoria urgente (como descobri rapidamente).

18h27

RECEBI UMA MENSAGEM DO DANIEL!

> Feliz Natal, Lottie. Ouvi dizer que você resolveu as coisas com a Jess. Ótima notícia! Te vejo no Ano Novo.
> D. Bjos.

MINHA NOSSA! Beijos e tudo mais. **AAAAAAAHHHHH**.

Certo, tenho que ligar para a Jess, para que possamos analisar cada palavra.

20h11

Fui tirada do telefone pela mamãe porque aparentemente "é rude ficar tanto tempo no telefone com uma amiga no dia de Natal".

Só ficamos conversando por uma hora e meia!

Eu disse:

— Bom, mãe, não é todo dia que você recebe uma mensagem de um garoto que você talvez goste, né?

Ela sorriu e olhou para longe. Acho que ela provavelmente está com um pouco de inveja porque as únicas mensagens que ela recebe são do papai dizendo coisas como *Precisamos de sacolas de lixo*.

DOMINGO, 26 DE DEZEMBRO
(Conhecido como *Boxing Day* aqui onde eu moro)

Vovó está fazendo uma "bela limpeza" na casa, porque aparentemente está "muito empoeirada".

Papai disse a mamãe que *ela só está tentando ser útil!*, e então mamãe realmente jogou o livro nele.

Toby, vovô e eu estamos escondidos na sala, assistindo a programas natalinos e aproveitando nossa dieta do *Boxing Day*, que consiste em:

Bolinhas de queijo

Palitinhos de trigo

Cream Crackers

Tortinhas de carne moída

NHAMI!
Eu adoro o *Boxing Day*.
É meu feriado favorito.

Chocolates em forma de laranja

Bombons diversos

Batata-chips

LIMBO FESTIVO
(Não tenho ideia de que dia é, mas não me importo)

Vovó e vovô foram embora. Mamãe está visivelmente mais tranquila.

Ninguém vê Toby direito há dias. Achamos que ele está vivendo no armário de aquecimento, sobrevivendo com uma dieta de sucos de frutas, amendoins torrados e chocolate com amendoim, mas é difícil dizer com certeza.

Papai fica tentando nos convencer a sair para fazer uma "bela caminhada natalina", porque ele é louco. Acho que ele só quer ir até o bar, mas não admite.

Por sorte, mamãe está tão grande que não quer fazer muitas coisas. Então, eu e ela passamos as horas aconchegadas, assistindo filmes e comendo bastante. Não temos a menor ideia de que dia da semana é e não nos importamos. Que benção!

#APROVEITANDOAOMÁXIMO

SEXTA-FEIRA, 31 DE DEZEMBRO

Pela primeira vez na vida, mamãe e papai disseram que eu poderia ficar acordada até meia-noite para ver chegar o Ano Novo, mas foi meio inútil porque eles beberam metade de uma garrafa de vinho branco cada um e dormiram no sofá por volta das 23h. Patético!

Eu acabei indo para o meu quarto comemorar com meus hamsters. E sabe de uma coisa? Foi perfeito.

SÁBADO, 1º DE JANEIRO

Hoje é o início de um novo ano, uma tela em branco e tudo mais.

Mamãe disse que não acredita em resoluções porque *não há melhor você do que você mesma, e colocar pressão em si mesma para mudar não é saudável*. E eu bem sei disso.

Então não vou mudar nada em mim.

Em vez disso, vou fazer coisas para mudar o mundo para melhor, como Greta Thunberg! Eu terminei seu livro ontem à noite e foi épico.

PORTANTO, MINHAS RESOLUÇÕES DE ANO NOVO SÃO:

1. Tentar ser vegana por um ~~mês~~ ~~semana~~ dia;

2. Reduzir a quantidade de plástico descartável que utilizamos em casa;

3. Ir recolher lixo regularmente;

4. Ir a um protesto contra as mudanças climáticas com um cartaz bem legal;

5. Realmente me conscientizar sobre coisas do planeta.

Em resumo, vou me tornar uma...

GAROTA GUERREIRA ECOLÓGICA

Reciclem, seus perdedores!

Papai disse que eram ótimas resoluções e que ele estava muito orgulhoso de mim. Mamãe também pareceu feliz, até eu ir até os armários da cozinha e apontar todos os problemas com as coisas que ela estava comprando.

DOMINGO, 2 DE JANEIRO

Papai me acordou supercedo. Eu estava toda quentinha na minha cama.

Ele disse que haveria um evento na praia para ajudar a recolher o lixo dos foliões do Ano Novo, e que eles se encontrariam no píer às 9 da manhã.

— Se você tomar um banho super-rápido, Lottie, dá tempo de chegar!

Eu disse:

— CALMA LÁ! Veja bem, pai, eu obviamente estou muito preocupada com a poluição, mas também estou preocupada com o frio que vai estar lá fora. Quer dizer, estou comprometida a me tornar uma guerreira ecológica, mas você tem que começar aos poucos com essas coisas, não é? Não se pode esperar que eu salve o planeta todo em um dia, certo?

Além disso, Greta está fazendo um ótimo trabalho, e eu não gostaria de pisar nos calos dela.

As aulas voltam amanhã e não vou mentir: estou um pouco aterrorizada com a ideia de ver Amber e Poppy de novo.

Jess veio aqui em casa hoje à tarde e fez um belo discurso motivacional.

Ela disse:

— Ouça, Lottie, você é brilhante, você é inteligente, você é engraçada e, acima de tudo, também é um Cupcake Fofinho. Manda ver!

Não acredito que já duvidei desta garota.

Combinamos de nos encontrar na frente da escola e entrarmos juntas, com nossos colares e de cabeça erguida.

OBS.: Também estou um pouquinho empolgada em ver o Daniel.

SEGUNDA-FEIRA, 3 DE JANEIRO

— Você está pronta? — perguntou Jess quando eu a encontrei na escola.
— Acho que sim — respondi, sorrindo para ela.
Demos nossos braços, depois entramos na escola e abrimos a porta da nossa sala.

Somos esquisitas e aceitamos isso ☺

Tentei não focar em Amber e Poppy, mas é muito difícil já que elas sempre têm uma multidão ao seu redor. E elas estavam bem no caminho para minha mesa.
— Com licença — pedi.
— Dar licença para você?! Por quê? Você não vai soltar um pum na minha cara outra vez, vai, Lottie? — ela disse em voz alta para a sala toda com um sorriso sarcástico.
Houve algumas risadinhas, depois todos ficaram em silêncio, esperando para ouvir o que eu responderia.
Comecei a sentir o pânico crescer em meu peito, mas eu sabia que aquilo era exatamente o que Amber queria. Essa era a minha chance de mostrar a ela que eu não abaixaria mais minha cabeça para ela.

Então foi isso que eu disse:

> Eu não soltei um pum na sua cara, Amber, eu só te mandei um beijo com meu bumbum, supere isso!

(Tenho que agradecer ao Toby por essa frase depois. Acho que irmãozinhos servem para alguma coisa afinal.)

A sala toda caiu na gargalhada, e pela primeira vez, Amber ficou sem palavras. Ela parecia muito irritada.

Eu apenas sorri docemente e me sentei.

E sabe de uma coisa? O resto do dia foi normal.

Amber e Poppy fizeram eu me sentir pequena? Não, não fizeram.

Alguém riu de mim? Não, não riram.

Alguém comentou sobre aquele pum totalmente vergonhoso na aula de ioga? Não na minha frente!

Aconteceu alguma coisa ruim? **NÃO!**

Na verdade, algumas crianças que eu mal conheço vieram até mim e me parabenizaram pela minha "excelente resposta", o que mostra que mais pessoas gostariam de enfrentar a Amber do que eu pensava, mesmo que nem sempre tenham a coragem de fazer isso.

Até Daniel pareceu impressionado. Quando ele me chamou no corredor após a aula de matemática, senti algo estranho. Talvez eu esteja apaixonada?!

> Muito bem, Lottie!
>
> Obrigada!

(Além disso, note que eu nem fiquei vermelha... bom, fiquei um pouquinho, mas foi mais um rosado nas bochechas do que totalmente vermelha, então, vejo isso como uma vitória.)

No final do dia, Jess e eu fomos embora juntas da mesma maneira que chegamos: de braços dados.

Enquanto caminhávamos para casa, conversamos sobre lição de casa (chato) e garotos (ela acha o Daniel fofo!) e quanto tempo levará para admitirmos a derrota e colocarmos nossas Famílias Sylvanian para venda na internet por vergonha (provavelmente nunca). Pareceu tão bom e normal.

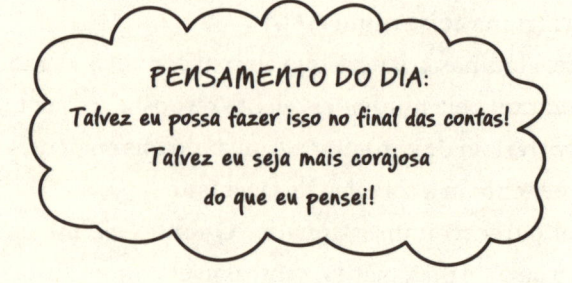

> PENSAMENTO DO DIA:
> Talvez eu possa fazer isso no final das contas!
> Talvez eu seja mais corajosa
> do que eu pensei!

SEXTA-FEIRA, 7 DE JANEIRO

As coisas foram tranquilas na escola durante a semana.

Jess e Theo estão tentando me ensinar a fazer embaixadinhas no almoço. Quer dizer, sou péssima, mas estou melhorando. Eu fiz cinco hoje, o que é meu recorde.

Só para constar, já superei o Theo. Ele é muito legal e tal, mas ele só fala sobre treinar futebol e sobre o Arsenal, o que é um pouco entediante. Eu meio que quero que meu primeiro namorado seja um homem do mundo, sabe?

Tenho conversado um pouco mais com o Daniel e ele tem MUITAS coisas a seu favor. Além de seu lindo sorriso e covinhas fofas, ele não come meleca, não tem unhas sujas nem cheira a comida, o que, para mim, são só vantagens. Ah, sim, ele também é gentil e engraçado. ☺

Por outro lado, as coisas em casa estão um pouco tensas. Papai terá que ir a Nottingham por alguns dias na próxima semana para "fazer coisas importante do trabalho". (Ninguém entende de verdade com o que ele trabalha, incluindo a mamãe. É tão chato que não fazemos perguntas.)

Mamãe não ficou muito feliz por ficar sozinha com 36 semanas de gravidez, caso algo aconteça. Mas aparentemente tanto eu quanto Toby nascemos com 42 semanas. Pelo visto, gostávamos de sua barriga, porque ela disse que tivemos que ser praticamente arrancados de lá.

Eu acho que o maior problema é que ela está tão grande agora que está com dificuldade até para se mover. Eu não sei por que as pessoas se dão ao trabalho de ter filhos. Parece um suplício terrível para mim. Sério, olhe para ela. Parece uma bola de boliche humana, com bracinhos e perninhas e uma cabeça para fora.

Talvez seja um exagero, mas nem tanto ⟶

DOMINGO, 9 DE JANEIRO

Encontrei um possível problema com Daniel.
    Estou tentando combinar nossos nomes, na esperança de conseguir um resultado legal, como "Kimyé" de Kim e Kanyé, ou "Zigi" de Zayn e Gigi, mas o melhor que consegui foi "Danottie", o que soa como um iogurte.

L ♥ D   Lottie e Daniel

L & D para sempre   L + D = ♥

Daniel ama Lottie

Danottie   um pouco estranho?!

TERÇA-FEIRA, 11 DE JANEIRO

(5h14)

Eu estava tendo um sonho lindo sobre fazer parte do grupo Little Mix, quando fui acordada rudemente pelo barulho mais estranho que já ouvi. Parecia uma vaca fazendo um cocô gigante.

Saí da cama para investigar e descobri que, na verdade, era a mamãe! Eu a repreendi por ter me acordado do meu sono de beleza, mas aparentemente isso não era importante agora, porque ela me disse que o bebê estava chegando!

— Mas estamos no meio da madrugada! — eu disse.

— Bebês não se importam com as horas! — disse mamãe.

— Bom, isso é muito rude da parte deles. Seria muito mais conveniente que eles nascessem durante o dia.

Ela começou a ficar um pouco frustrada comigo, e então...

> LOTTIE, ESTOU PRESTES A DAR À LUZ!!

— Tudo bem, não precisa gritar! — falei.

Nossa.

Certo, de qualquer forma, aparentemente o bebê também está chegando bem rápido, então é melhor eu chamar uma ambulância em vez de escrever no meu diário. Já volto!!

Observação: Se ter um bebê faz você mugir como uma vaca transtornada, evite a todo custo.

5h37

Chamei uma ambulância, mas eles disseram que estavam muito ocupados no momento e não sabiam quando poderiam chegar aqui.

Depois liguei para o papai e pedi que ele entrasse no carro e voltasse para casa bem rápido.

Mamãe estava gritando algumas coisas desagradáveis sobre ele ao fundo, mas papai disse para eu não me preocupar porque ela sempre faz isso quando está em trabalho de parto.

> Diga a esse idiota que é tudo culpa dele!

> Ela disse que ama você e para que você dirija com segurança.

Eu realmente espero que papai e a ambulância se apressem, porque esse mugir está ficando cada vez mais alto e é muito perturbador!

6h53

Minha. Nossa.

Você não vai acreditar no que acabou de acontecer.

O bebê começou a nascer MUITO rápido, e mamãe começou a ficar vermelha DEMAIS. Ela estava se debatendo, agitando os braços para todos os lados. Ela parecia um caranguejo furioso.

A ambulância ainda não chegou, e mamãe disse:

— Ligue para o 192 outra vez e diga que o bebê está nascendo agora!

Então eu liguei, e a operadora disse que eu teria que ajudar mamãe no parto do bebê!

SIM, VOCÊ LEU CERTO: eu teria que ajudar o bebê a sair do caranguejo furioso... quer dizer, da mamãe.

Eu estava apavorada, mas a operadora me ajudou durante todo o processo, e eu conseguir fazer o parto. Eu realmente consegui! Ajudei Davina a nascer!

MAS NÃO VOU MENTIR: meus olhos viram coisas que nenhuma garota de 12 anos deveria ver.

A ambulância apareceu logo depois. Que útil, hein? Mamãe foi para o hospital, já que Davina nasceu prematura.

Papai disse que logo estaria em casa, então falei que cuidaria do Toby até ele chegar.

O melhor de tudo é que papai disse que nós dois poderíamos faltar na escola. Ótimo!

7h14

Toby acabou de acordar e veio aqui para baixo.
— Dormiu bem, né? — comentei.
— Sim, por quê? — perguntou ele.
Ah, por onde começar, Toby, meu garoto! Eu realmente não posso acreditar que ele não ouviu os mugidos.

15h14

Quando papai chegou em casa, ele nos levou ao hospital para ver mamãe e Davina. A enfermeira disse que as duas estavam bem, apesar de Davina ter nascido quatro semanas antes, e mamãe provavelmente teria que ficar no hospital por mais um tempo para garantir.

A enfermeira também me parabenizou pessoalmente por realizar meu primeiro parto tão jovem. A fofoca se espalhou rapidamente na ala hospitalar e outras enfermeiras vieram me conhecer. Eu me senti como uma celebridade!

> Ali está ela!
> Que heroína!

Eu acho que mamãe talvez tenha se sentindo um pouco ofuscada pela atenção que eu estava recebendo, mas, ei, fui eu quem fiz todo o trabalho duro.

— Sobre o nome, Lottie — disse mamãe. — Você realmente quer que ela se chame Davina, porque não tenho certeza se combina com ela.

— Não, eu não poderia fazer isso com a pobre criança — respondi, olhando para o seu rostinho perfeito. — Que tal... Bella?

— Ah, gostei desse nome. É adorável! É por que ela é linda?

— Sim. Sim, é por isso — respondi.

Mas, na verdade, era porque eu estava morrendo de fome e papai tinha prometido nos levar para almoçar na Bella Itália, e tudo o que eu conseguia pensar era em uma pizza de pepperoni. Porém, guardei a verdade para mim, pois achei que mamãe e papai não gostariam tanto do nome escolhido se soubessem que havia sido inspirado em uma rede de restaurantes.

huuuum

— Você gostaria de segurá-la, Lottie? — perguntou mamãe.

Peguei o pequeno pacotinho dos braços de mamãe e me sentei na ponta da cama.

— Olá, Bella Brooks — eu falei. — É um prazer te conhecer adequadamente. Sou sua irmã mais velha, Lottie, e vou ajudar a cuidar de você e te manter em segurança. Acho que você vai gostar de fazer parte da nossa família. Somos um pouco loucos às vezes, falamos alto e seu irmão é muito fedorento...

— Ei! — gritou Toby.

— Mas nós nos amamos muito, e vamos amar você também.

Entendi agora o que mamãe quis dizer sobre Davina — ops, quer dizer, Bella Itália. Aff! Quer dizer, **BELLA** — completar a família. Eu não tinha entendido antes. Pensei que talvez eles me esquecessem quando ela nascesse. Mas, agora, segurando-a em meus braços e depois de fazer parte de sua chegada, é exatamente como eu me sinto também.

Eu me sinto completa.

A FAMÍLIA BROOKS

> **PENSAMENTO DO DIA:**
> Quer dizer, não quero me gabar sobre isso, mas eu fui incrível hoje. Poucas pessoas teriam mantido a calma diante de tanto sangue. Talvez eu ganhe um prêmio de Orgulho da Nação ou algo assim?!

SÁBADO, 15 DE JANEIRO

Logo após o almoço, papai gritou lá de baixo:

— Lottie, você pode descer, por favor?

— Na verdade, não... Estou ocupada fazendo algo importantíssimo agora! — eu respondi.

Era verdade. Eu estava fazendo algo muito importante. Estava criando uma conta nas redes sociais para Professor Bernardo Guinchinho e Bola de Pelo, o terceiro. Eu tinha lido um artigo sobre pessoas que fizeram milhares de reais com seus animais de estimação famosos nas redes sociais e pensei: *eu posso fazer isso*. Confira o ótimo conselho de vida dos hamsters em @hamstersinspiradores.

Não deixe ninguém ofuscar seu brilho!

237.394 curtidas

Papai disse:

— Bom, talvez você ache isso muito importante também...

Então desci as escadas, esperando encontrar uma pilha de roupa que ele queria que eu guardasse. Demorou alguns segundos para o meu cérebro processar o significado daquela enorme massa de cabelos ruivos emaranhados bem na minha frente.

— MOLLY? MOLLY! É realmente você?

Ela não disse nada de início, ficou apenas parada sorrindo, com os olhos se enchendo de lágrimas. E então, depois daquele breve momento de silêncio, nós duas desabamos.

> AAAAAAA AAAA

> AAAAAAA AAAAA

Depois de aproximadamente dezessete minutos de gritos ridículos, abraços e choros, finalmente nos acalmamos o bastante para nos sentarmos e tomarmos um chocolate quente juntas — composto em sua maioria de marshmallows e creme, é claro.

— Por que você voltou? Por que não me disse nada? O que está acontecendo? Você vai ficar? — perguntei.

Eu tinha muitas perguntas.

— Sim, nós voltamos, e sim, vamos ficar! Quer dizer, a Austrália é ótima e tudo mais, mas sentimos muita falta de nossos amigos e da família. Até sentimos saudade do clima... Não fomos feitos para o calor.

Ela apontou para a pele descascando no nariz queimado.

— Eu avisei!

— Eu sei que você avisou! — comentou ela, rindo.

— Mas não entendo. Você disse que fez várias amizades novas. E quanto a Isla e o instrutor bonitinho, Chad? Ou Brad?

— Não era totalmente... verdade — respondeu ela, baixando o olhar. — Vou sentir muita falta da Isla, e as praias são bem melhores por lá do que em Brighton, mas me adaptar à escola não foi tão fácil quanto eu fiz parecer. E Brad... bom, ele mal sabia que eu existia. Acho que eu estava com inveja de como você era feliz e popular aqui, enquanto eu me sentia uma perdedora total.

Talvez tenha sido um momento inapropriado para rir, mas eu não consegui evitar.

— Por que você está rindo? — perguntou Molly parecendo um pouco magoada.

— Eu vi suas fotos nas redes sociais e pensei exatamente a mesma coisa, que você estava se divertindo muito na Austrália e que não sentia minha falta! Eu não queria que VOCÊ soubesse como eu me sentia solitária ou como estava estragando tudo.

— Jura?

— Sim! Então eu não te contei sobre todos os apelidos estúpidos que eu ganhei, ou sobre o dia que eu fui nadar usando um maiô de criança com tutu, ou como eu soltei um belo pum na aula de educação física, ou como eu perdi todas as minhas amigas e tive que comer meus sanduíches sozinha no banheiro... Ah, Molly, tem tanta coisa que eu não te contei!

Agora ela também estava rindo.

— Bom, isso não importa mais, porque as coisas serão **MELHORES** daqui para frente. Vou começar a estudar na Escola Kingswood assim que conseguir uma vaga.

— MENTIRA!!!

— JURO!!!

Depois passamos cerca de três horas apenas colocando as conversas em dia. Contei a ela sobre como a Jess é incrível, sobre todo o drama na festa com Amber e Poppy, e sobre meu talvez, possivelmente, quase "namoro" com Daniel.

Eu estava tão feliz, mas também me sentindo um pouco estúpida. Como cheguei ao ponto de fingir ser alguém que eu não era para minha melhor amiga? Isso só mostra como as redes sociais podem ser falsas.

Como nos velhos tempos

DOMINGO, 16 DE JANEIRO

Só tenho algumas páginas restantes aqui. Uau, não acredito que preenchi um diário inteiro! Acho que muitas coisas aconteceram desde que nos conhecemos, não é?
Sinto que devo deixar para você (e para mim) um recado profundo e significativo, se você ainda não tiver chorado de tanto tédio e você ainda estiver lendo isso, é claro! Ok, aqui vai...

> *Querida Lottie,*
> *Sou eu, Lottie. Eu sei que isso é um pouco estranho, escrever para si mesma e tal, mas se eu escrever tudo aqui talvez seja útil para você mais tarde, caso saia dos trilhos e tente se reinventar outra vez.*
> *Só para constar, não funcionou!*
> *Você passou por muitas coisas nos últimos meses.*
> *Você cresceu muito, fez amizades (e inimizades) novas, tornou-se irmã mais velha de novo (uau!) e comprou um sutiã! Não tem muita coisa para preenchê-lo ainda, mas você está tentando não se preocupar muito com isso, ainda há muito tempo para os seios crescerem.*
> *Enfim, vamos voltar ao básico.* **O PLANO!** *Bom, ele deu muito errado! Mas ainda estou feliz por tê-lo criado, porque você aprendeu muito sobre si mesma, não é? Aqui vão algumas coisas que eu não quero que você (nós) se esqueça:*
> *Está tudo bem ser a mais quieta;*
> *Está tudo bem andar com quem você quiser;*
> *Está tudo bem não fazer parte do grupo mais popular;*
> *Está tudo bem se vestir como você quiser;*
> *Está tudo bem depilar as pernas;*
> *Está tudo bem não depilar as pernas;*
> *Está tudo bem ser nerd;*
> *Está tudo bem ser honesta;*

Está tudo bem se envergonhar várias vezes, em várias situações, o que gera muitos apelidos... eles são sempre piores na sua própria cabeça.

E, por fim, o mais importante (vou sublinhar esse para que a gente nunca se esqueça):

<u>*Está tudo bem ser você.*</u>

Love Lottie Beijos

Também conhecida como Maruja
Pernas de Lagostim

Ou KitKat Chunky

Ou Garota Pepino

Ou Cabeça de Cereais

Ou Cupcake Fofinho

Tchau!

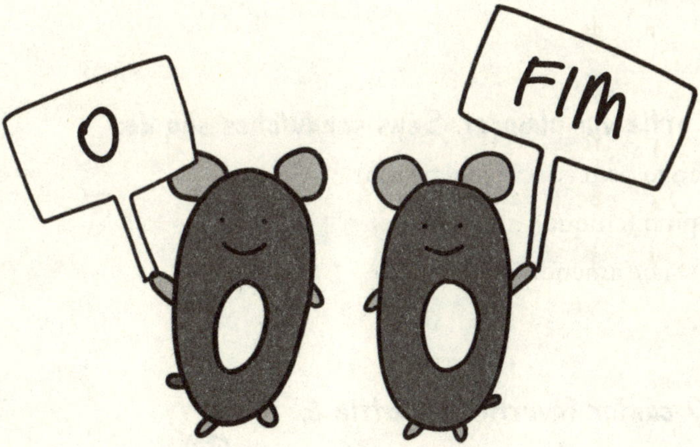
O
FIM

VOCÊ REALMENTE CONHECE LOTTIE BROOKS?

Faça o teste para ver o quanto você sabe sobre a vida desastrada da Lottie.

1) O estojo da Lottie tem o formato de:
A Uma fatia de melancia
B Um ursinho
C Um taco

2) Lottie vai almoçar. Seus sanduíches são de:
A Frango com curry (sofisticado)
B Pepino (chique)
C Pasta de amendoim (clássico)

3) O cantor favorito da Lottie é:
A Taylor Swift
B Beyoncé
C Justin Bieber

4) Os hamsters da Lottie se chamam:
A Bolota Felpuda e Sandy
B Professor Bernardo Guinchinho e Bola de Pelo, o terceiro
C Lorde Hammy e Garoto de Rodinhas

5 A família de Lottie passa as férias:
A Parque de Trailers Praia Ensolarada
B Retiro Lago Chuvoso
C Resort Montanhoso Vale do Vento

6 O irmãozinho da Lottie se chama:
A Toby
B Dave
C Ethan

7 Qual desses não é um dos apelidos da Lottie?
A Maruja Pernas de Lagostim
B Cupcake Fofinho
C Princesa Macarrão

Respostas: 1A; 2B; 3C; 4B; 5A; 6A; 7C

FICHAS TÉCNICAS POR LOTTIE BROOKS

NOME: Lottie

PONTOS FORTES:
* Desenho
* Conhecimento de todas as músicas de Justin Bieber
* Especialista em cuidar de hamsters
* Força de vontade — foi vegetariana por um dia inteiro (tirando o salame)

PONTOS FRACOS:
* Fica facilmente envergonhada
* Atrai apelidos relacionados à comida
* Irmãozinho irritante

NOME: Jess

PONTOS FORTES:
* Futebol
* Amiga brilhante
* Confiança em ser ela mesma

PONTOS FRACOS:
* Não consigo pensar em nada...

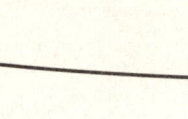

NOME: Molly

PONTOS FORTES:
* Melhor amiga incrível
* Surfe

PONTOS FRACOS:
* Vive muito longe
* Esquece aniversários

NOME: Theo

PONTOS FORTES:
* Ser lindo
* Futebol
* Ser tranquilo

PONTOS FRACOS:
* Futebol
* Me chama de Garota Pepino

Querido diário,

Finalmente me adaptei na escola, minha melhor amiga Molly voltou da Austrália e a bebê Bella ainda é muito pequenininha para ser tão irritante quanto Toby — Sucesso! Com certeza nada pode dar errado... ou será que pode?

Leia o próximo diário de Lottie Brooks para mais aventuras totalmente desastradas!

Angelina Purpurina

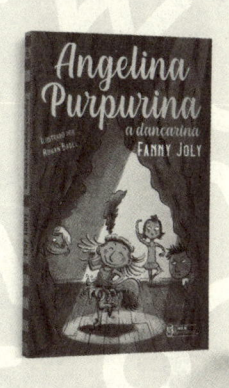

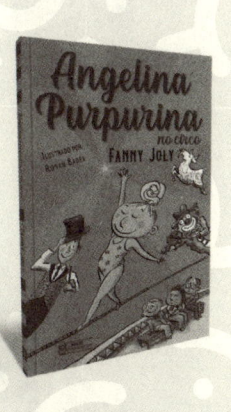

- Angelina Purpurina
- Angelina Purpurina em plena forma
- Angelina Purpurina decola
- Angelina Purpurina está à solta
- Angelina Purpurina a supercuriosa
- Angelina Purpurina a dançarina
- Angelina Purpurina a destemida
- Angelina Purpurina no circo
- Angelina Purpurina a sortuda
- Angelina Purpurina A turista
- Angelina Purpurina A dama de honra
- Angelina Purpurina no parque de diversões

Aventuras no BOSQUE

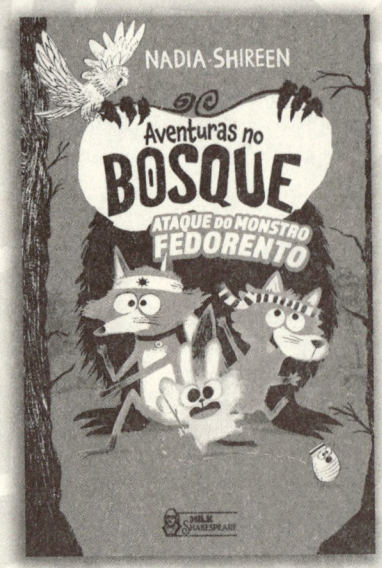

Aventuras no BOSQUE

Aventuras no BOSQUE
A FLORESTA CINTILANTE!

Aventuras no BOSQUE
ATAQUE DO MONSTRO FEDORENTO

Aventuras no BOSQUE
FESTAS SEM FIM

OS SWIFTS

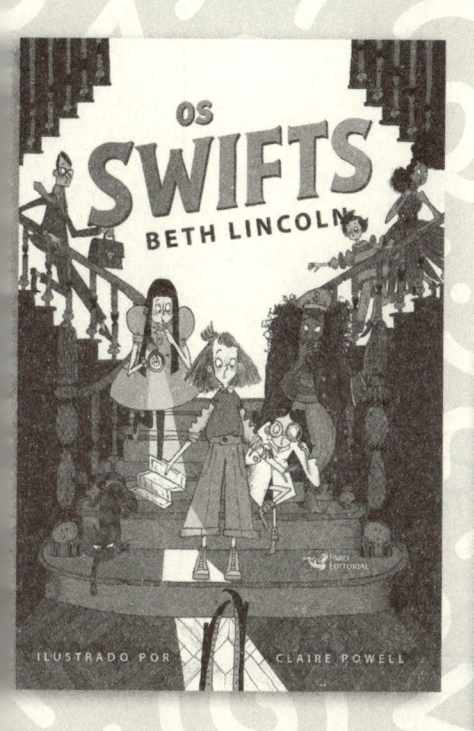

ASSINE NOSSA NEWSLETTER E RECEBA INFORMAÇÕES DE TODOS OS LANÇAMENTOS

www.faroeditorial.com.br

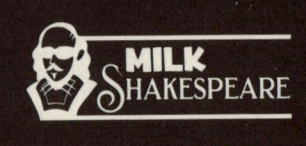

Tchau!

ESTE LIVRO FOI IMPRESSO PELA

GRÁFICA HROSA

EM FEVEREIRO DE 2025